Le
Grand
Meaulnes

美丽的约定

［法］亚兰·傅尼叶——著

王一平——译

北方联合出版传媒(集团)股份有限公司

万卷出版有限责任公司

ⓒ 亚兰·傅尼叶 2023

图书在版编目（CIP）数据

美丽的约定 /（法）亚兰·傅尼叶著；王一平译
. — 沈阳：万卷出版有限责任公司，2023.8
ISBN 978-7-5470-6260-9

Ⅰ.①美… Ⅱ.①亚…②王… Ⅲ.①长篇小说 – 法
国 – 现代 Ⅳ.①I565.45

中国国家版本馆CIP数据核字（2023）第085190号

出 品 人：王维良
出版发行：北方联合出版传媒（集团）股份有限公司
　　　　　万卷出版有限责任公司
　　　　　（地址：沈阳市和平区十一纬路29号　邮编：110003）
印 刷 者：辽宁新华印务有限公司
经 销 者：全国新华书店
幅面尺寸：145mm×210mm
字　　数：190千字
印　　张：9
出版时间：2023年8月第1版
印刷时间：2023年8月第1次印刷
责任编辑：王　越
责任校对：张　莹
封面设计：仙　境
封面插画：丸子Tailui
版式设计：韩　君
ISBN 978-7-5470-6260-9
定　　价：39.80元
联系电话：024-23284090
传　　真：024-23284448

目录

第一部

第一章　寄宿生

他到我们家时，是十一月的一个星期天，一八九几年。

嘴上说"我们家"，但那房子早已不归我们。我们离开那里已近十五年，也确是不会回去了。

我们那会儿住的是圣－阿加特公学的房子。我父亲教高级班，辅导学生备考小学教师资格证，同时也管着中级班，我跟其他学生一样喊他"索雷尔先生"。我母亲教的则是低级班。

那是一座长长的红房子，就在镇子边上，有五扇玻璃门，外墙上爬满了爬山虎；院子很宽敞，还有操场和水房，前面的大门朝向镇子敞着；房子北边有一扇小栅栏，通向一条大道，沿着它走上六里地就能到达火车站；房子南边、后边是大片的田野、花园和草地，与镇子的外沿融为一体……我们所住那一处便是这番模样了。在那里，我度过了一生中最为煎熬却最为珍贵的日子；在那里，我们踏上了冒险奇遇的旅程；也是在那里，一切又复归破灭，一如海浪拍打礁石。

　　我们去到那里，可以说是出于学监或是省长的一道命令，却也是世事变幻，机缘巧合。那是好久好久以前的事了，假期接近尾声，一应家具尚未送达，一驾农车先一步载着我和母亲，把我们放在了那扇锈迹斑斑的栅栏前。花园里正有几个孩子在偷桃吃，他们悄悄地顺着篱笆的窟窿溜走了……我的母亲，大家都管她叫米莉，在我所认识的家庭主妇里是最善于打理的那一位。她一下车就走进尘草满地的屋子，立时便不无失望地明白，同此前每次搬家一样，那样破旧的房子是不能放下我们那些家具的……她出来与我诉说了苦恼，一边说着，一边还用手帕轻轻擦着我那稚嫩的脸蛋——因着长途跋涉，我已然是灰头土脸。随后她又折回屋里去，细细盘算要填补多少窟窿才能让这房子重新住人。我呢，戴着一顶绸带镶边的大草帽，就在那里，在那个陌生院子的沙地上等着，没一会儿就去井边和棚下暗暗窥视。

　　如今想起我们初到的情形，便也就是如此了。每当我遥遥回望圣–阿加特院子里那头一个等待的夜晚，忆起的却是其他等待的场景：我看到，自己两手抓着大门的铁条，惶惶不安地等着某个人从大道上走下来。每当我试着想象如何在那谷仓一般的阁楼里度过的头一夜，想起的却总是其他的夜：我不再是一个人孤零零地待在那个房间里，还有一个高大的身影在墙边踱来踱去，虽忧心忡忡，却不失友好。学校、马丁老爹种的地、他那三棵核桃树，还有每天下午一到四点钟就被访客太太们占满的花园，所有这些太平景象，在我的记忆里全被别的景象搅动得变了模样，那景象曾经撼动我们的青葱岁月，哪怕时光飞逝，仍让人无法平静。

莫纳到的时候，我们在此乡间已住了十年。

我那时十五岁。那是在十一月里，一个寒冷的星期天，秋天刚刚来临，却让人感受到了冬日的气息。那一整天里，米莉都在等从车站过来的马车，她托人捎了一顶御寒的帽子。上午，她没去做弥撒。我坐在唱诗班的孩子们中间，心绪不宁地望着钟楼的方向，想着看看她会不会戴着新帽子走进来，结果一直等到讲道也没见着人影。

下午，我还得独自一人去做晚课。

为了安慰我，她一边用刷子整理我的礼服，一边说："再说了，就算这帽子到了，我大概也还得花上一整个星期天去改它。"

我们的星期天通常是这样度过的：一早起来，我父亲会走得远远的，寻个薄雾弥漫的池塘，乘着小船去钓梭鱼。我母亲则躲进她那昏暗的房间里，对着破旧衣裳缝缝补补，直到夜幕降临。她这样把自己关起来，怕的是某位好友太太突然大驾光临，哪怕这人跟她一般拮据，一样地要面子。至于我，做完晚课后，会待在冰冷的餐厅里，一边看着书，一边等着她打开门，穿上缝好的衣服让我瞧瞧合不合身。

然而这个星期天，晚课后教堂门口颇为热闹，我因此绊住了脚。门廊这边，正进行一场洗礼仪式，引来一群孩子。广场那边，镇上的几个男人穿上了消防员的外套，枪已经架了起来，他们冻得直跺脚，队长卜亚东正给他们训话，他那套理论直让人听得云里雾里……

洗礼的钟声骤然停了，让人想起节庆日里的铃声，仿佛弄错了日子和地点。卜亚东带着他的人，把枪斜挂在肩上，扛起水泵，一路小跑，在第一个路口拐弯后便看不见了。我看到有四个孩子默不作声地跟着他们，路上铺了一层白霜，他们厚厚的鞋底踩在上面，踩碎了一地的枯枝，我却不敢跟上去。

这时，整个镇上只剩下达尼埃尔咖啡馆还算热闹，酒鬼们的争吵声时高时低。将我们家和镇子隔开的大院中间有一堵矮墙，我贴着矮墙，溜回到小栅栏那儿，因觉得回来得晚了，心中隐隐有些不安。

栅栏门半开着，我一眼就看出了异常。

果然，就在朝向院子的五扇玻璃门旁边，餐厅那间屋子的门口，一个灰白头发的女人正探着身子朝帘子里头张望。她个头矮小，戴着老式黑丝绒兜帽，面容瘦削，且因担忧而失了颜色。我无端地有些害怕，一见到她，便生生在栅栏前的第一级台阶上顿住了脚。

"他去哪儿了？天哪！"她低声喃喃，"刚刚还跟我在一起，应该已经绕房子转一圈了，许是跑了……"

　　她每说一句，就在窗玻璃上叩三下，轻轻的，几不可闻。

　　没人来给这位陌生的访客开门。

　　米莉八成已经收到车站捎来的帽子，正在那间红色卧室的最里头，在散落旧丝带和凌乱羽毛的床前，捣鼓她那顶寒碜的发饰，拆了又缝，缝了又拆……什么也没有听见。果不其然，当我走进餐厅，那女客立即跟了上来，我母亲也现了身，两手还扶着脑袋上那些尚未得到妥善安置的铜丝、绸带和羽毛……

　　她冲我笑了笑，蓝色的眼睛因着傍晚还要劳作的缘故显得有些无神。她大声说道："瞧呀，我一直在等你，你看……"

　　当她瞥见一女人坐在房间里头宽大的扶手椅上，便住了嘴，露出困惑的表情。立时，她摘下了帽子。在接下来的那幕场景里，她始终端着右手，把那顶帽子像鸟窝一样扣在怀里。

　　戴兜帽的女人膝间夹着一把伞和一只皮包，已经开口道明来意，她的脑袋轻轻摇晃着，一张嘴巧舌如簧，像极了来做客的太太。她已然恢复了镇定。当她说起自己的儿子，那神情更是高高在上，又透着神秘，我们不禁好奇起来。

　　这二人是从距离圣－阿加特十四公里的安吉永堡乘车来的。她是个寡妇，照她自己说，还挺有钱。她有两个儿子，小儿子安托万已经没了，说是因为某天晚上放了学，和哥哥在一个肮脏的池塘里游了泳，回来就死了。她决定把长子奥古斯丁送来我们这里寄宿，好让他能上高级班。

　　一说到自己带来的这个寄宿生，她马上就夸口称赞起来。

一分钟前，我在门口见到的那个灰白头发的女人，还弓着身子，像丢了鸡崽的母鸡般，满脸写着哀凄与憔悴，这会儿我竟已全然认不出了。

她对这个儿子赞赏有加，话语间谈到的那些事迹着实让人吃惊：他喜欢讨她欢心，有时会光着腿在河边走上好几公里，把黑水鸡呀、野鸭子呀什么的遗落在荆豆花丛里的蛋捡回去带给她。他还撒鸟网……有天深夜，他在林子里发现了一只被绳索套住的野鸡……

我是个衬衫被钩破了就不敢回家的人，不禁惊奇地看向米莉。

她却没有在听，反而向那位太太示意别出声。她小心翼翼地把她的"鸟窝"放在桌上，蹑手蹑脚地站起来，似乎要去吓唬某个人……

我们头顶传来陌生的脚步声。那其实是个小房间，里面堆着国庆时放过的烟花，这会儿正有人笃定地在里面走来走去，踩得天花板都有些晃动。这脚步声穿过二楼那些黑暗幽深的阁楼房间，朝着配间方向走去，那里早被我们遗弃，只用来晾晒椴花和催熟苹果。接着，那声音消失了。

米莉压低声音说："刚才我就在楼下的房间里听见了这声音，我还以为是弗朗索瓦你回来了……"

没人接她的话。我们三个都站着不动，心怦怦直跳。这时，二楼通向厨房楼梯的那扇门被推开，有人下了楼，穿过了厨房，出现在昏暗的餐厅门口。

"奥古斯丁，是你吗？"那位太太问道。

来人是个约莫十七岁的大男孩儿。透过渐浓的夜色，我初时只能看出他后脑勺上扣了顶庄稼人戴的毡帽，身着黑色的上衣，像小学生一样束了根腰带。我还瞧见了他的微笑……

我们尚未来得及问他做什么，他一眼看见了我，问道："你来院子里吗？"

我犹豫了一秒钟，见米莉没有反对，就拿起帽子，朝他走去。

我们从厨房走出门，去了操场，黑暗已经笼罩在那里。借着白日里最后一丝天光，我一边走，一边端详他那棱角分明的脸庞、挺拔的鼻子，还有唇边的绒毛。

"喏，我在你的阁楼里找着了这个，"他说，"你肯定从没仔细瞧过。"

他手里拿的是一个发黑的小木轮，上面缠的一圈引线已经破损，这应该是国庆时放的太阳或者月亮样式的烟花。

"上面还有两枚花炮没有炸，咱们还能点燃它。"他说话时语气平静，脸上却分明透露出要看接下来的好戏的表情。

他把帽子扔在地上，这时，我看到他头发剃得短短的，更像庄稼人了。他给我看了那两枚花炮，根部还剩了一截纸做的引线——火焰曾经把它烧断、烫黑，却最终抛弃了它。他把轮毂插进沙子里，从口袋里拿出一盒火柴，这让我大吃一惊，因为这在我们家是严令禁止的。他小心地弯下腰，点燃了引线。

接着，他抓住我的手，拉着我赶紧往后退。

　　不一会儿，门开了，我的母亲走了出来，莫纳的母亲紧随其后，两人显然已经谈好了寄宿的费用。红白两条火束在我母亲的眼前从操场上"砰"的一下腾空而起，她或许还看到了，有那么一秒钟，我立在魔法的微光中，拉着新来的大男孩儿的手，毫不畏缩……

　　这一次，她同样没吭声。

　　这天晚上吃饭的时候，我们家餐桌旁多了一个沉默不语的伙伴，他低着头只顾吃，毫不理会我们三双眼睛齐齐地盯着他。

第二章 四点以后

在那之前，我几乎从不跟镇上的孩子一起在街上跑。我患了一种叫作髋关节结核的病，直到一八九几年……这病让我变得胆小怕事，自然也不幸福。我至今还能看到，自己惨兮兮地单腿蹦着，想要在家附近的小路上追上那些身手敏捷的同学……

大人们因此也不怎么让我出门。我还记得，每次碰见我像个独脚鬼似的跟村里的淘气鬼们闹在一起，米莉就会把我拖回家里，给我这个她引以为豪的儿子好一顿巴掌伺候。

奥古斯丁·莫纳的到来，恰逢我疾病痊愈之时，新生活由此开启了。

他来之前，四点钟一放学，等待我的便只有孤独寂寞的漫漫长夜。父亲会把教室炉子里的火挪到我家餐厅的壁炉里。最后一批晚归的学生也走得差不多了，校园逐渐变得冷清，唯有余烟袅袅。院子里还能看见几个学生在蹦蹦跳跳地玩耍。之后，夜幕降临，两个学生打扫完教室，从棚里找到自己的兜帽和斗篷，挎上篮子便匆匆离去，只留下大门还敞着……

只要白日未尽，哪怕只有一丝光亮，我都会一直待在镇公所，把自己关在满是死苍蝇的档案室里，一阵风吹过，吹得宣传画呼呼啦啦直响。我会找来一张旧摇椅，挨着窗户，面朝花园，读起书来。

等到天黑，附近农庄的狗叫了起来，我们家小厨房的窗子也亮起灯来，我才回家。母亲已经开始准备晚餐。我爬上去往顶楼的楼梯，数三级台阶，不声不响地坐下去，脑袋倚着冰凉的栏杆，看着她点燃蜡烛，烛光在那逼仄的厨房里摇曳。

可是有人来了。那些个童年乐趣，那样平静祥和，有人把它夺走了；母亲低头准备晚餐时，面庞那般温柔，那时为我照亮的温柔蜡烛，有人把它吹灭了；夜深了，父亲拉上玻璃门的木制百叶窗，我们一家人其乐融融地围坐在灯火旁，那样的灯火，有人把它熄灭了。这人便是奥古斯丁·莫纳。没过多久，别的孩子便都喊他大个子莫纳。

自从他来我家寄宿，也就是从十二月的头一天起，四点以后的学校便不再空荡荡的了。每天放学后，冷风嗖嗖地从弹簧门钻进来，值日生大呼小叫，水桶哐嘟作响，即便是这样，教室里也总会有二十来个大孩子，有村里的，也有镇上的，团团围着莫纳。他们总有商讨不完的话题，总在没完没了地争论，我亦置身其中，虽忐忑不安，却满心欢喜。

莫纳是什么也不说的。然而，但凡爱说话的那些孩子里有一个走出来站到中间，那必然是冲着莫纳去的。讲故事的孩子专讲如何去田里偷东西，为了证明自己说的属实，还会拉上小伙伴们轮番上阵，做证的那些自是大声附和，旁听的则咧着大嘴，偷偷地笑。

莫纳坐在课桌上，晃着两条腿，做思考状。遇着好听的地方，他也笑，却只是轻轻地，仿佛要等到某个极精彩的、只有他自个儿明白的故事，才肯哈哈大笑。等到天色渐晚，教室窗户透进来的微光也照不亮这群喧哗的少年，莫纳便会站起身来，穿过挤成一团的人群，大声说道："走吧，上路！"

于是，大家就跟着他走了。直到夜色深沉，还能听到从镇子最北边传来他们的吵闹声……

有时，我会同他们一起。我会跟着莫纳，赶着给母牛挤奶的时间，走到城郊的牛棚跟前……有时，我们逛到一间作坊，总会听得，在织布机咔嚓两声的间隙里，从幽暗的屋子里头飘出织布工的那句："大学生们来了！"

通常到了饭点的时候，我们就走到了学校旁边修车匠德努的铺子。德努还干着铁匠的营生，他那铺子从前是间客栈，两扇大门总是敞着，在街上就能听见风箱呼哧呼哧地直响。就在这个乌漆墨黑的地方，在叮叮当当的喧嚣之中，借着炭火炽热的光芒，人们时常看见，乡下来的人停下车，彼此聊上一会儿，有时还会遇着同我们一般模样的学生，靠在门边，一言不发地瞧着。

一切就始于此处，距离圣诞大约还剩八天。

第三章 "我常去一家藤器店"

雨下了一整天，到了晚上才停。这一整个白天真是无聊透顶。课间休息的时候，一个出去的都没有，就听见我父亲索雷尔先生在教室里每过一分钟便吼上一句："别闹腾了，你们这群捣蛋鬼！"

最后一次课间休息后，或者用我们的话来说，最后"一刻钟"后，一直若有所思走来走去的索雷尔先生停了下来，用尺子重重地敲了下桌子。原本临近放学，大家皆有些无聊，正叽叽喳喳乱成一团，这一敲，全都闭了嘴，收了心。索雷尔先生问道："谁明天能和弗朗索瓦一起乘车去车站，接一下夏庞蒂夫妇？"

那是我的外公外婆。我外公夏庞蒂退休前是个守林人，总披着件宽大的灰色毛呢披风，戴着那顶被他自己唤作"军帽"的兔毛软帽。小点儿的孩子都认得他。每天早晨洗脸的时候，他就会拎来一桶水，学着老兵的样子，在水里一通搅和，再胡乱抹两下胡子。孩子们围成一圈，背过手去，带着好奇的目光，毕恭毕敬地对他行注目礼……他们也认识我外婆，米莉曾带她去过一次低年级班里，所以他们都知道她是个戴编织帽的小个子农妇。

每年圣诞的前几天，我们就去车站迎接四点零二分的那班车。为了来见我们，他们得横跨整个省，还会背来一包包的板栗，为圣诞准备的食物也全都用毛巾裹好。尽管他们两个穿得暖暖和和，脸上也笑眯眯的，却多少有些慌乱，于是他们一跨进家门，我们就把门全部关好。接下来的一整周都是快乐的……

与我同去的那个人得是个可靠的，才能驾车把他们接回来，不至于翻到沟里去；还得性子温和才行，因为我外公随时都会骂人，而外婆又有点爱唠叨。

听到索雷尔先生的问题，十来个大嗓门立即齐声答道："大个子莫纳！大个子莫纳！"

索雷尔先生却装作没听见。

于是，他们喊："弗罗芒丹！"

其他人大叫："亚思曼·德卢什！"

卢瓦家的小儿子，总是骑着母猪以三倍的速度冲向田里的那个，连声尖叫："我！我！"

杜棠布莱和穆什伯夫只是弱弱地举了下手。

我心里希望莫纳能去，那样的话，这趟驴车之旅就会变得

更加有意义。他也想去，却装作不屑，不发一言。大孩子们都
跟他一样坐在桌子上，头朝后仰，脚踩着凳子。大课间的时候，
还有开心的时候，我们都是这么干。高凡也兴奋了，他撩起衬
衫，卷在腰间，抱住支撑教室横梁的铁柱，就开始往上爬。索
雷尔先生示意大家安静，说道："好啦，就穆什伯夫吧。"

我们便默默地回到各自的座位上。

到了四点，只剩我和莫纳待在大院子里。大雨过后，院子
地上被冲出一道道水沟，还结了冰。我们两个谁也不说话，只
是望着镇子。风儿吹走了水汽，镇子闪闪发着光。不一会儿，
小高凡走出了家门。他戴了顶风帽，手里拿着一小块面包。他
贴着墙根，吹着口哨，走到修车铺门口。莫纳拉开大门，喊了
他一声。没多久，我们三个便齐齐坐在了铺子里头。那里面红
通通、暖烘烘的，时而会有一阵冷风穿堂而过。我和高凡坐在
炉旁，满是泥浆的双脚埋在白花花的刨花堆里。莫纳两手插着
兜，倚在一扇大门边，默不作声。街上时不时走过某个村里的
妇人。这一位刚从肉铺里出来，风太大，她不得不低下头去。
我们探出脑袋，想看看那究竟是谁。

始终没人说话。铁匠和他的伙计，一个拉着风箱，一个正
在打铁，壁上映出巨大的、野蛮的身影……我犹记得，这个晚
上是我少年时代度过的最重要的一个夜晚。我心里既喜且忧：
一边担心身旁这个小伙伴会不会夺走我乘车去车站的那一点点

快乐，一边又窃窃地盼着，盼着他能干出件惊天动地的大事，把一切搅得天翻地覆。

铁匠铺里的活儿富有节奏地平稳进行着，隔段时间就会停下片刻。锤子被扔在铁砧上，留下一阵重重的、清晰的碎响。铁匠拿起刚刚锤打的那块铁，放到皮围裙旁，瞅了一会儿；随后又抬起头，招呼我们："嗨，年轻人，怎么样啊？"其实只是为了喘口气儿。

那个伙计，右手在半空里悬着，扶着风箱的链子，左手握成了拳，又在腰上，笑嘻嘻地看着我们。

随后，他们又干起那震耳欲聋的活儿来。

中间一次休息的时候，我们透过弹簧门瞟见了米莉，她紧裹着头巾，拿着好几个小包袱，顶着大风，走了过去。

铁匠问："这是夏庞蒂先生要来了？"

"明天，"我答道，"还有我外婆，四点零二分的火车，我会坐车去接他俩。"

"坐弗罗芒丹的车，对吧？"

我赶紧说："不是，马丁老爹的。"

"哟，那你们可回不来喽！"

说完，他和伙计大笑起来。

那伙计慢条斯理地提醒我们："要是弗罗芒丹的母马，没准儿还能拉着去维埃松接人……也就十五公里，加上中间等车一个钟头，从那儿都回来了……马丁的驴说不定都还没能套上车呢！"

另一个帮腔道："那才是能走道儿的马……"

"我觉得，管弗罗芒丹借马应该不难。"

聊天就此打住。铺子里再次火星四溅，响声不绝于耳，每个人都想着自己的心事。

到了该走的时候，我站起身来，给莫纳做了个手势。他起先并没看见我，而是背靠大门，垂着脑袋，似乎被刚才的一番话深深吸引住了。他陷入沉思，眼睛虽盯着那两个劳作的人，却仿佛隔了数里之遥的浓雾。看着他这副模样，我不禁想起了鲁滨孙的一个画面来：那个英国的少年，在出海远行前，"常去一家藤器店"……

自打那以后，我时常会想起这画面。

第四章　开溜

次日午后一点，在一片冰天雪地之间，高级班的教室宛如汪洋中的一叶扁舟，却显得格外耀眼。只不过，那里不像渔船般充斥着海水和污油的味道，飘散在屋子里的是炉子上烤鲱鱼的香味。从外面回来烤火的那些人，一凑近炉子，还会散发出一股毛线烧焦的气味。

因是临近年末，作文本发了下来。索雷尔先生正在黑板上一道道地抄题，教室里已经不那么太平，有的开始交头接耳，有的压低了嗓门儿嚷嚷，还有的想要吓唬同桌，故意只说几个字："先生！这个人……"

索雷尔先生手上抄着题目，心里想的却是旁的事。他不时回过头来，表情严肃地看着大家，眼睛却空洞无神。那隐隐约约的骚动一下子平息下来，却只持续一秒，随后便又活跃起来，起初还有些收敛，后来就像飞虫般嗡嗡不歇。

在这蠢蠢欲动的人群中间，唯独我一人一声不吭。我坐在较小孩子那一排的最里边，旁边就是大大的玻璃窗，只需稍稍直起身子就能望见花园和低处的小溪、田野。

我坐立不安，每隔一会儿就踮起脚向丽星农场方向眺望。一上课我就注意到了，莫纳午休过后没有回来。他邻座的同学应该也发现了，只不过这会儿正一门心思扑在自己的作文上，还没来得及说什么。可是，一旦他抬起头来，这消息就会传遍全班。按照惯例，少不了会有人扯着嗓子喊出声来，那开场白一定是："先生！莫纳……"

我知道莫纳走了。准确地说，我怀疑他溜走了。他应该是吃罢午饭就翻过矮墙，越过田野溜了。他会蹚过小溪，再路过老普朗什，然后一直跑到丽星。他大概已经借到了母马去接夏庞蒂夫妇，这会儿正让人套车。

丽星是个顶大的农场，在小溪对岸的山坡那头。夏天的时候，院子里的榆树、橡树还有绿篱能整个儿把它遮住。它就在一条小路边上，那条路的一头通向去往车站的大道，另一头连着镇郊。农场里有幢古老的房子，四边高墙都用墙垛加固了，墙脚就"沐浴"在粪肥里。六月间，树叶茂密的时候，房子就藏起来不见了。待在学校这边的人只有在夕阳西沉的时候才能听见大车咕噜咕噜地驶过，听见牛倌的大声吆喝。可是今天，我从窗子里看见，那些光秃秃的树枝中间现出了院子灰白的高墙。我看见了院子的大门，然后又看见，在几道篱笆之间，有条铺满白霜的小路，与小溪朝着同一个方向延伸，一直延伸到去往火车站的大道。

在这个清晰真切的冬日景象里，一切都静止不动，一切也都还未生变数。

这时，索雷尔先生已经抄好第二道题。通常他都会出三道题，要是今天他只出两道题，那他就会再次走上讲台，而后发现莫纳没来。他会派两个孩子去镇上找一圈，或许没等母马被套上车，就能找到莫纳……

抄完第二道题后，索雷尔先生放下胳膊，休息了一会儿。让我如释重负的是，接下来，他换了一行，重新开始写，一边写，还一边嘀咕："这道题可不再是什么小孩子的把戏了。"

丽星农场上空原本有两根黑杠，比那儿的围墙还高出一截的，应该是马车的车辕，现在却消失不见了。我敢打包票，那边的人肯定正在忙活着准备莫纳的行程。瞧，母马露头了，身子刚走到大门的两根柱子间，却又停住了。他们大概是在往车子后座加椅子，这样才好拉上莫纳口口声声说要接回来的客人。终于，车和马慢慢吞吞地走出了院子，经过篱笆时消失了片刻，随后又不紧不慢地出现在两道篱笆中间的那条白色小路上。驾车的位置上有个黑乎乎的人影，那人把胳膊肘漫不经心地搭在车沿上，俨然一副庄稼汉的架势。我已经认出来了，那就是我的伙伴——奥古斯丁·莫纳。

不一会儿，车和人都被篱笆挡住不见了。丽星农场的大门口，有两个男人目送马车离去。二人正商议什么，越说越激动。最后，其中一人拿了主意，他双手放在嘴边做喇叭状，大声喊起莫纳来，喊完又沿小路朝马车行驶的方向跑了几步……这时，马车已经晃晃悠悠地驶上了去往车站的大道，小路上的人应该已经看不到了。突然，莫纳变换了姿势，他一脚往前蹬，像驾驶罗马战车那样站得笔直，双手挥动缰绳，赶着他的马儿风驰电掣般冲了出去，眨眼间便消失在山坡那边。小路这边，呼唤莫纳的那个人又开始跑了起来，另一个已经飞快地穿过田间地头，像是朝我们这边过来了。

几分钟后，索雷尔先生离开了讲台，正搓着手上的粉笔灰，教室里头同时响起三串声音："先生！大个子莫纳跑了！"

就在这时，那个农夫也来到了我们的门口，他穿着蓝色工作服，猛地一把拉开门，摘下帽子，站在门口问道："打扰一下，先生，是不是您让那个学生叫车去维埃松接您的双亲？我们有点怀疑……"

"压根儿就不是！"索雷尔先生答道。

话音未落，教室里已乱成一锅粥。靠近门口的三个学生一马当先地冲出了教室。平日里总有些羊啊猪啊来院子里啃珍珠球，正是他们仨负责扔石头把它们撵出去。只听，他们钉了铁掌似的鞋子在校园的石板路上"咚咚咚"一通猛踩，接着，外面又传来一连串沉闷的脚步声，先是踩在了院子的沙地上，然后又拐向了通往大道的小栅栏。班里余下的孩子叠罗汉似的全都凑到了朝向花园的窗子跟前，有些为了看得更清楚，甚至爬上了桌子……

然而一切已经太晚，大个子莫纳早已溜之大吉。

"你还是跟穆什伯夫去车站吧，"索雷尔先生跟我说，"莫纳不认得去维埃松的路，遇着岔道就该迷路了，那样的话三个小时也接不到人。"

米莉站在低级班的门口，伸长了脖子问道："怎么回事？"

镇子的主路上，人群开始聚拢。那农夫还固执地待在原地，一动也不动，手里拿着帽子，仿佛是要等句公道话。

第五章　马车回来了

　　我从车站接回了外公和外婆。晚饭后，他们在高高的壁炉前坐下，开始细细讲起自上次假期别后的种种经历。我很快意识到，自己并没有在听。

　　院子里的小栅栏紧挨着餐厅的门，一开一合的时候会发出吱吱呀呀的声音。寻常日子里，每当灯火纷纷亮起，到了乡野人家闲谈的时间，我就暗自等着栅栏的那声响动。之后就能听见鞋子的咔咔声，又或是进门前蹭鞋底的声音，有时还能听到窃窃私语声，像是谁和谁在进门前聊起了什么。然后就有人来敲门了。来人通常是某位邻居或几个小学女教师，这些人的到来总归能将我们从漫漫长夜之中解救出来。

　　这天晚上本应有所不同，所有我爱的人已齐聚一堂，外面的动静于我本不该有任何吸引力。可是我还是竖起了耳朵，不放过暗夜里的任何一个声音，始终盼着有人能推开我家的那扇门。

　　我那上了年纪的外公身上有着浓重的加斯科牧羊人的气质，双脚不自然地摆在身前，双腿之间放着他的拐杖。他时不时地沉下肩去，拿烟斗在鞋帮上敲两下。外婆讲起了她的旅程、她的母鸡、她的邻居，还有那些没有交租的佃农。他对她说的那些很是赞同，一双善良的眼睛即刻就湿润了。外公他们就在那里，在我身边，而我，却有些心不在焉。

　　我头脑中想象着，滚滚向前的车轮蓦地停在门前，莫纳从车上跳下来，若无其事地走进来；再不然就是他先赶着母马回了丽星，说不定我马上就能听见他从大道走来的脚步声，栅栏门也会打开……

　　但是，什么都没有发生。外公直直地盯着前方，上下眼皮开始打架，困得快要睁不开眼。外婆尴尬地重复了一遍自己刚说的话，谁也没在听。

　　“你们是不是在担心那个男孩儿？”她终于问起来。

　　这是因为在车站的时候我就跟她打听过。自然是没有结果：她在维埃松下车的时候没有见过大个子莫纳模样的人。我的伙伴多半是在路上耽搁了，他原本的打算也落了空。回程路上，外婆和穆什伯夫一直在车上聊天，我唯有自己一点点咽下满心的失望。大道上，寒霜染白了大地，驴子踩着自己的小碎步，招引来些小鸟围着它的蹄子蹦蹦跳跳。这冰冷的午后，万籁俱寂，只有远处不时传来牧羊女的呼唤声，间或又有某个孩子跑过一片又一片的冷杉林，大声招呼着同伴。每当这拖长尾音的呼喊在荒芜的山坡上响起，我都禁不住浑身一颤，仿佛听到的是莫纳的声音，在召唤着我一起奔向远方……

　　这一幕幕场景在我脑海里上演了一遍又一遍，睡觉的时间不知不觉间到了。外公已经回了红色的那个房间。那是个客厅兼卧室两用的房间，不过那里面太过冰冷潮湿，自打去年冬天就一直关着。因为要让外公住进去，所以我们撤掉了扶手椅上的花边头垫，收起了垫子，把易碎物品都挪到了一边。他把拐杖放在一张椅子上，厚厚的鞋子放在扶手椅下，吹灭了蜡烛，我们正站着互道晚安，准备各自回屋，这时，一阵马车声让我们全都安静下来。

　　听着似乎是两驾马车踱着碎步一前一后地往这边走。马儿逐渐放慢了步伐，最终停在了餐厅窗子外，那扇窗户正朝着大路，不过已经关上了。

　　我父亲拿起灯，跟着就打开已经锁好的房门，推开栅栏，走到台阶边。他把灯举过头顶，想看看发生了什么。

　　果不其然，两驾马车停在了那儿，一辆车的马儿被拴在另一辆车的后面。一个男人跳下车来，犹豫着问道："这儿是镇公所吗？"说着，又往这边走了两步，"请问，丽星农场的佃户弗罗芒丹家怎么走？我在圣卢德布瓦大道旁边的小路上发现了他的车和马，车上却没有人。我提着灯看到车牌上写着他的名字和地址。我正好顺道儿，又想着好歹别出什么事，所以就一起赶着回来了。不过这还是耽误了我好些时间。"

　　我们全都出来了，一个个目瞪口呆。父亲靠近了马车，举着灯照了又照。

那人接着说："车里没有人，连张盖毯也没有。这畜生累坏了，走路一瘸一拐的。"

我走到最前面，跟着大家一起打量这辆失而复得的马车，那感觉就好像海水涨潮时送回来一块残骸，而这正是莫纳探险中送回的第一块，或许也是最后一块残片。

"要是弗罗芒丹家太远的话，"那人说，"我就把车子留在您这儿吧。我已经耗费了太多时间，家人该担心了。"

父亲同意了。这样的话，我们今晚就可以把马车送回丽星，不用余外解释什么。至于怎么跟镇上的人说这事儿，怎么写信给莫纳的母亲，那就是后面要决定的事情了。我们请那男人喝杯酒再走，他谢绝了，赶着牲口便扬鞭而去。

父亲赶着车去往农场，我们则回到屋内，谁也没说话。外公已经重新点燃了他房间的蜡烛，从里面嚷嚷："怎么样？那出门逛荡的孩子回来了？"

女人们交换了一下眼神，隔了一秒答道："嗯，是的，他去了他母亲家。快点睡吧，别担心了！"

"那就好，跟我想的一样。"他说。

他心满意足地吹熄了蜡烛，回到床上睡觉去了。

我们跟镇上的人用的也是这一套说辞。至于如何告诉莫纳母亲他逃走这件事，我们决定等过一阵子再给她写信。我们独自守着那份焦虑，守了整整三天。我还记得，父亲那晚将近十一点才从农场回来，更深露重，他的胡须上满是水珠。他小声地跟米莉商量着什么，又气又急……

第六章　有人敲玻璃

　　第四天格外冷，算得上那年冬天最冷的一天。一大清早，学校里已经来了第一批早到的学生。他们一到就跑去院子的水井旁，转着圈儿溜冰取暖，单等着教室里的炉子生起火来，再一个蹦高蹿回去。

　　我们时常好几个人守在大门后边，观望着那几个从田间走来的男孩儿。他们这一路，走过尽染白霜的风景，看到池塘结了冰，还碰见野兔在灌木丛里乱窜，到学校时早已两眼发花。他们外套上散发出一种混合着干草和马厩的味道，等到他们急哄哄地凑到火红的炉火旁，教室里的气味就显得更加浑浊了。这天早上，一个男孩儿在路上还发现了一只冻僵的松鼠，就装进篮子里带来了。我记得，那是一只硬邦邦的松鼠，那男孩儿试了好多遍，想把它的爪子钩在操场的杆子上……

　　之后，我们便开始上课，冬天的课堂总是死气沉沉的……

突然，有人敲了一下玻璃窗，我们全都抬起头来。只见大个子莫纳站在门外，正拍打着衣服上的冰碴子，还没有进来。他昂着头，像是被晃到了眼。

坐得离门口最近的两个学生立即跑去开了门。他们在门口交头接耳地说了几句，那声音若有若无，我们自然听不见。逃学那人终于决定跨进教室。

一股清新的凉风从空荡荡的院子里吹了进来，几根麦秆挂在大个子莫纳的衣服上，他满脸长途跋涉的疲惫不堪和饥肠辘辘的神情，眼里却又闪着兴奋的光芒，这一切让我们心里涌起一种奇特的感受，欢喜着，好奇着……

索雷尔先生正站在办公桌后给我们念听写的材料。他走下两级台阶。莫纳摆出要打仗的架势，迎了上去。现在回想起来，他已经精疲力竭，一双眼睛通红通红的，大概是在外边过了几夜。可是在那一刻，我仍然觉得，这位了不起的伙伴实在是帅极了。

他径直走到讲台跟前，以一种汇报军情的口吻，坚定地说："我回来了，先生。"

"好，我知道了，"索雷尔先生好奇地注视着他，说道，"回你的座位上坐下吧。"

这大男孩儿转身朝我们走来，背微微有些弓着，脸上露出讥笑，那是不守纪律的高年级学生挨罚时常有的表情。随后，他一只手抓住桌沿，一屁股滑到了长凳上。

"我给你说个书名，其他同学听写的时候，你就读这本书。"

索雷尔先生说这话的时候，所有的脑袋全都转向了莫纳。

课堂又恢复了秩序。莫纳不时地转向我这边，朝窗外望去。从那里可以看到，静悄悄的花园里，雪花洁白如絮，空旷无人的田野里，时有一只乌鸦飞落下来。教室里，守在红通通的炉火旁，反倒热得有些让人喘不过气。莫纳读书的时候，双手托住脑袋，双肘支在书桌上。我有两次都看见他合上了眼皮，还以为他要睡着了。

"先生，我想去睡觉。"他微微举了下手，终于还是说，"我已经三天没合眼了。"

"走吧！"索雷尔先生现在想的是别出什么岔子。

一颗颗脑袋全都抬了起来，一支支羽毛笔停在了半空，我们一个个遗憾地注视着莫纳走了出去。他外套后背上全是褶子，鞋子上沾满了泥巴。

上午的时间过得真慢啊！临近晌午，楼上阁楼里传来动静，我们外出归来的小伙子准备下楼了。午饭的时候，我才在炉子旁再见到他，旁边坐着正在发愣的外公外婆。高年级的学生和小一点儿的孩子们原本三三两两地站在积雪的院子里，听到时钟敲响十二下，便如同影子一般，从餐厅门口溜走了。

我只记得，这顿午饭吃得十分冷清，十分尴尬。什么都是冷冰冰的：少铺了一层台布的漆布餐桌、杯里的冷酒、搁脚的红地砖……大人们怕把莫纳逼急了造反，所以商量好了，关于他的出走一句也不问。他呢，就趁着这"休战"的当口儿，也是一言不发。

总算用完了最后一道甜点，我俩"嗖"的一下奔向院子。午后校园的院子里，雪地已经被一双双鞋子踩得不成样子；由白转黑的院子里，操场棚顶的冰雪开始融化，滴答滴答；满是刺耳尖叫的院子里，到处都是人。我和莫纳沿着校舍奔跑。两三个素来同我们一起玩的孩子停下了游戏，欢呼雀跃地朝我们跑过来。他们双手插兜，脚下泥浆四处飞溅，长围巾松开了。谁知莫纳加快了步伐，冲进了高级班的教室。我刚跟他进去，他就一把关上了玻璃门，正好挡住了那拨追我们的孩子发起的袭击。他们先是对着门槛砰砰一阵猛踢，门玻璃被震得发出哗啦哗啦的脆响，接下去又开始撞门，撞得铁栓还有两扇门都要变了形。好在莫纳已经先一步用小钥匙上了锁，只不过差一点儿就被锯齿状的锁孔划伤了手指。

从前，我们总会认为此类行为实属无理取闹，令人恼火。倘若在夏天，谁要是吃了这样的闭门羹，就会一溜小跑到花园里去，找一扇还没来得及关上的窗子爬进去。可现在是寒冬腊月，门窗全都关得严严实实。那几人在外边撞了一会儿门，又对着我们骂骂咧咧好一阵，之后才一个接一个背过身去，理了理围巾，垂头丧气地走了。

教室里飘着一股栗子和果酒的香气，两个值日生正在挪动桌子。我朝炉子走去，打算在上课前懒洋洋地暖暖身子。奥古斯丁·莫纳则跑到老师的办公桌前，在桌子上和抽屉里四处翻找。很快，他就找到了一本小地图册。只见他站在讲台上，两肘撑着桌子，两手托住下巴，兴致勃勃地研究起来。

我正准备走过去，与低级班连着的那扇门"哐"的一下被人用力推开了。如果门没有被推开，说不定我会把手搭在莫纳肩上，也许还能同他一起在地图上找出他途经了哪些路线……亚思曼·德卢什出现了，嘴里发出庆祝的欢呼，后面跟着的是一个镇上的男孩儿和另外三个村里的孩子。想来，一定是低级班的某扇窗没有关好，被他们推开了，然后这几个家伙便从那里跳了进来。

亚思曼·德卢什个子不高，却是高级班里最年长的一个。尽管他表面同莫纳亲近，其实内心却藏着深深的妒忌。在莫纳来我家寄宿前，亚思曼才是班里的孩子王。他顶着一张苍白的脸，长相平淡无奇，头发老是抹着油乎乎的发蜡。他的母亲是寡妇德卢什，开了一家旅店。作为家里的独子，亚思曼总表现出一副很男人的样子，每每听到玩弹子球还有喝苦艾酒的客人说了些什么，他就像只骄傲的公鸡，逢人就炫耀一番。

听到他们进来，莫纳抬起了头，皱了皱眉头。那几个男孩儿推推搡搡地挤向火炉，莫纳突然冲他们大声吼道："你们就不能在这儿安静一分钟吗！"

"你要是不乐意，那就哪儿凉快哪儿待着去！"亚思曼·德卢什头也不抬地答道，他以为那几个同伙能给他撑腰。

人特别累的时候，火气就上来了，忍也忍不住，总能把人吓一大跳。我感觉奥古斯丁正处于这种状态。

"你，"他站直身子，合上地图册，脸色发白，"你先从这里滚出去！"

德卢什冷笑着叫嚣："哟！因为逃了三天学，你就觉着自己能在这儿说了算了？"

他打个嘴仗还不忘拉上旁人："还轮不到你说让我们走，你懂吗？"

可莫纳已经扑到了他身上。先是一阵拉扯，只听"刺啦"一声，莫纳的衣袖被撕开了线。亚思曼带来的那群乡下孩子里，只有马丁一人加入了战斗，他的鼻孔一张一翕，像头公羊似的摇晃着脑袋："你放开他！"

莫纳猛地一推，甩开了他。马丁张着双臂，踉踉跄跄地后退几步，摔在了教室中央。接着，莫纳一只手扼住德卢什的脖子，另一只拉开门，准备把他扔出去。亚思曼死死地拽着课桌，双脚被拖得在地板上直打转，一双钉了铁掌的鞋子蹭得嘎吱直响。这时，马丁已经重新站稳，他脑袋向前，怒气冲冲，一步步折了回来。莫纳只得松开德卢什，和这个蠢货再次扭打在一起，眼看他就要落了下风，"吱呀"一声，门开了一半。那是索雷尔先生，他回头朝着厨房，正准备跟谁把话说完，身子还没有进来。

战斗戛然而止。刚才一直躲着没有加入的几个孩子，垂着脑袋，在炉子旁围成了一圈。莫纳坐回自己的位子，他那袖子还裂着口子。至于亚思曼，一张小脸涨得通红，上课铃声响起前的那几秒里，他还在那儿嚷嚷："他现在是什么也忍不了了。当自己很聪明呢，以为别人都不知道他去了哪儿！"

"白痴！我自己都不知道。"莫纳答这话的时候，教室里已经静了下来。

他耸了耸肩，双手抱头，便继续学起课文来。

第七章　丝绸马甲

　　我已经说过，我们睡在一间宽敞的阁楼里，这里一半用作阁楼，一半用作卧室。其他配楼的房间都有窗户，谁也不知为什么这一间只有一扇天窗。阁楼的房门总能蹭到地板，所以怎么也关不严实。每天晚上上楼的时候，我们都得拿手护着烛火，这房子太空旷，起了穿堂风就糟了。我们每次都试着把门关上，每次又不得不放弃。结果，一整晚我们都能感觉到顶楼三个房间的死寂之气，直直穿透我们的房间。就在这个冬日的晚上，奥古斯丁和我，又回到了这里。

　　我三下两下就脱了衣裳，团成一堆，扔在床头旁边的椅子上。我那室友这时才开始慢吞吞地解扣子，也不搭理我。我已经爬到了铁床上，从绣着葡萄藤的提花帐子后面看着他。他一会儿坐在那张矮床上，也不挂帐子；一会儿又站起来，一边脱衣服，一边走来走去。蜡烛被他放在一张波西米亚人①拿柳条编成的小桌上，在墙上投射出他那巨大的身影。

莫纳与我不同，他仔仔细细地叠好并收起自己的校服，看上去心不在焉，神色哀伤。那一幕如今又浮现在我眼前：他把他的粗皮带平放在一张椅子上，把那件皱得不行、脏得不像样子的黑色罩衣折好了搭在椅背上，接着又脱掉一件穿在里边的深蓝色短大衣，背对着我弯下腰去，将其在床尾铺平……当他直起身子，转身朝向我时，我瞧见他上衣里面穿的不是校服配套的铜扣小背心，而是一件奇怪的丝绸马甲，领口很大，下面系了整整一排的小母贝扣。

那马甲的式样很漂亮，像是人们在一八三〇年舞会上穿的那种，只不过，当年的女孩儿们现如今已经到了当我们祖母的年纪。

我还记得，在那一刻，那个大个子乡下学生脑袋上什么也没戴——他已经小心翼翼地把帽子放在了其他衣服上面，那张面孔是那样的青涩，却已经那样勇敢、坚毅。他又开始在房间里踱步，边走边解开马甲的扣子。那件神秘的马甲属于某套西服的其中一件，却并不属于他。他胳膊露出一截衬衫，裤子有些短，鞋上满是泥浆，一只手却放在贵族才穿的马甲上，这画面谁看了都会觉得怪异。

---

① 法国人所以为的波西米亚人并非地理意义上波西米亚王国的居民。此处及后文多次提到的波西米亚人，实际指的是吉卜赛人，这一群体以四处漂泊流浪而著称，游离于传统社会之外，不受传统观念的束缚。

　　他的手一碰着那马甲，立马回过神来。他回头看我，眼睛里写着紧张。我有些想笑。我笑起来的时候，他也笑了，脸上绽出了光彩。

　　"呃，可以跟我说说那是什么。"我鼓足勇气，小声问，"你在哪儿弄到的？"

　　他的笑容瞬间消失了。他肿胀的手摸了摸自己的平头。忽然，他似乎再也无法遏制自己的欲望，在精致的马甲外面重新套上了短大衣，紧紧地系牢每一颗纽扣，再穿上那件皱巴巴的罩衣。之后，他犹豫了一会儿，侧身看着我……末了，还是坐到床边，甩了两下脚，鞋子"哐啷"一声滚落在地板上。就这样，他吹熄了蜡烛，像警卫营的士兵一样，和衣而卧。

　　半夜里，我突然醒了。莫纳站在屋子中央，那顶软帽已经扣在了脑袋上，他正在衣帽架上找什么东西——是件披风，他披在了肩上……卧室里漆黑一团，偶尔积雪天里还能映出些许光亮，这会儿却是一丝光都没有。死寂的花园里，阴森寒冷的风呼呼地吹着，吹得房顶呜呜作响。

　　我微微支起身子，小声朝他喊："莫纳！你又要走？"

　　他不回答。我便彻底失去了理智："那好，我跟你一起走，你必须带上我。"

　　说完，我便跳下了床。

　　莫纳走近我，抓住我的胳膊，把我按在床沿上。他同我说："我不能带你走，弗朗索瓦。要是我认得路的话，你倒是可以陪着我。前提是我得在地图上找到那条路，可我就是找不到。"

"所以，你也没法再走了？"

"没错，走了也是白费劲儿……"他沮丧地说，"好了，去睡吧。我答应你，不会不带你走。"

他又开始在房间里来回踱步。我一句话也不敢同他说。他走走停停，走得愈来愈快，似乎是在脑海里找寻着什么记忆，又或是回溯了一遍，继而对照、比较、盘算一番，一瞬间觉得抓到了一根线，而后却又一次松开，开启新一轮的寻找……

这样的夜，不止一回。每次都是将近凌晨一点钟时，我从脚步声中惊醒，发现他在卧室和顶楼其他房间里到处游荡。那些习惯守夜的水手大抵也如此这般，即便身在布列塔尼自己家里，照旧应时而起，穿戴整齐，守护着陆地上的夜晚。

一月和二月头半个月里，我就这样从梦中惊醒了两三次。大个子莫纳就站在那儿，全副武装，身着披风，准备出发。可是面对他逃亡去过的那个神秘国度，每一次刚要踏上征程，他就止住了脚步，犹豫不决。有一次，他甚至已经拉开楼梯门上的门闩，也很轻松地推开了厨房的门，完全可以溜走，也不会有人听到，可他还是再一次退缩了……漫长的午夜，他在废弃的顶楼房间里焦躁不安地来回踱步，不停思考。

终于，二月中旬的某天晚上，他用手轻轻地拍了拍我的肩，将我叫醒。

那天白天过得可谓跌宕起伏。此时的莫纳已经完全没了心思再和从前的伙伴们一起玩耍。最后一次课间休息的时候，他依然待在长凳上，手指在谢尔省的地图册上画出一道道线，脑袋里反复盘算着，一心想着规划出个神秘计划来。有人在院子和教室之间来来回回不停地跑，有人"砰砰砰"地蹦来蹦去，还有人绕着课桌你追我赶，从长凳和讲台上一跃而过……大家都知道，莫纳这样的时候，不该靠近他。只不过，课间休息的时间延长了，两三个镇上的孩子还是起了玩心，蹑手蹑脚地走到他背后偷看。他们一个个有恃无恐，甚至把人推到了莫纳身上……只见莫纳"啪"一下合上地图册，遮起他正在看的那一页，趁三个男孩儿中的一个还没有跑掉，一把逮住了他。

被逮住的是那个暴脾气的纪厚达。他拖着哭腔，脚上一通乱踢，企图予以还击，结果还是被莫纳扔出门外。他像只疯狗般冲着莫纳嚷嚷："大软蛋！怪不得他们都跟你不对付！都想跟你干一仗……"后面还跟着一长串脏话。我们全都骂了回去，也不管他究竟说了些什么。骂得最凶的那个是我，因为我早就站在了莫纳一边。现在我们两人之间仿佛达成契约。他承诺会带我走，而不是像所有人那样说我"不能走"，这一句话便已将我和他永远地拴在了一起。我老是想着他的神秘旅行。我确信他应该是遇着了一位年轻女孩儿。那女孩儿大概远比我们当地所有姑娘都漂亮。比吉娜漂亮，那个我们在修女花园从锁眼里瞅见的姑娘；比面包师傅的丫头玛德莱娜漂亮，她如玫瑰般娇嫩，满头金发；比领主夫人的女儿珍妮漂亮，那是个光彩夺目的姑娘，疯疯癫癫的，始终被关着。莫纳就像小说里的英雄人物，一定是在夜夜思念心上人。他第一次叫醒我的时候，我就想好了，要攒起胆子问一问他，是不是这么回事。

打架这天傍晚，四点钟放学后，我们两个忙着收拾花园里的工具，比如锄头、铲子等一些用来挖坑的工具。就在这时，我们听到大道上似有人喧哗。那帮人里有年轻的小伙子，也有小孩儿。他们四人一列，踏着步子，汇成了一支秩序井然的队伍。领头的是德卢什、达尼埃尔和纪厚达，还有一个我们并不认识。一看见我们，他们便发出阵阵嘘声。似乎全镇的人都和我们作起对来。他们在筹划着玩一种不知名的战争游戏，我俩则被排除在外。

莫纳一言不发地把扛在肩上的锄头和铲子放到棚里……到了半夜，我发觉他的手放在了我胳膊上，便蓦地惊醒。

"起来吧，"他说，"我们出发。"

"你现在把路线全弄明白了？"

"弄明白大部分了。剩下的得靠我们自己找！"他咬紧了牙关。

"听着，莫纳，"我坐起来说，"听我说，咱俩只有一件事要做，那就是等到白天，利用你画的图，把剩下那段缺失的路线找出来。"

"可那段路离这里太远了。"

"那咱就驾车去，等到夏天，白天就越来越长了。"

一段长时间的沉默。这意味着，莫纳接受了这个提议。

　　"莫纳，既然我们要一起找回你心爱的女孩儿，"我到底还是补上了这一句，"那就告诉我她是谁吧，跟我说说她。"

　　他在我床脚坐下。我只能从影子里看到他歪着脑袋，交叉着双手和双膝。他深深地吸了一口气，就像一个长久以来满腹心事的人，终于肯吐露心事……

第八章　奇遇

　　我的伙伴当晚并没有原原本本说出，那日大道上究竟发生了什么事。纵然后来几经磨难——这一点我后面会讲到，他决定向我坦陈一切，但那始终是我们青葱岁月里最大的秘密。到如今，一切皆已落幕。苦痛至斯，美好如许，俱归尘埃，我终于能够开口讲述他的那段奇遇。

　　午后一点半，去往维埃松的大道上，莫纳也不怕天寒地冻，只管快马加鞭，他知道时间已经不早了。起初，他也只是图个乐子，打算等到四点钟，驾车把我的外公外婆接回来的时候，把我们所有人都吓上一跳。他那会儿的确没有别的打算。

　　渐渐的，寒气越来越重，他便把双腿裹进盖毯里。那毯子他一开始还不肯要，丽星的人硬是给塞进了车里。

　　两点的时候，他经过了拉莫特镇。他从未在上课的时间来过这样的小地方，看到这里如此荒凉、沉寂，还有些自得其乐。若不是等他走远了，一户人家的窗帘拉了起来，露出一个美丽女人向外张望的脑袋，这里可几乎真算得上是荒无人烟了。

过了镇上的学校，就到了拉莫特镇镇口。莫纳面前出现两条大道，他有些拿不定主意，又觉得自己依稀记得要在左边拐弯。只是附近无人，无法问路，他就继续赶着马车一路疾驰。越往前走，道路就变得越窄，愈发难走。他沿着冷杉林走了一阵，总算遇着个赶大车的人。他双手拢成喇叭状放在嘴边，向那人打听这条路是否通往维埃松。马儿却不停，拉着车子只顾向前跑。那人大概也没听清他问了什么，就扯了两嗓子，胡乱指了指。莫纳只好听天由命，继续赶路。

前方出现一片广袤的原野，冰天雪地间一览无余，并没有什么可以消遣。偶尔会有一只喜鹊，听到马车声，受了惊，扑棱着飞远，落在光秃秃的榆树上。我们这位赶路的旅人肩上裹着那张大大的盖毯，活像披了件斗篷，他双腿伸展开来，倚在马车一角，大约是打了个长长的盹儿……

亏得寒气穿透毯子钻了进来，激醒了莫纳。他发现周围已经变换了模样：不再是遥远的地平线和一望无际的泛白天空，而是一片又一片的草场，用高高的篱笆围着，草色也依旧绿着。左右两边的冰面下，一道道沟壑，水流汩汩。这一切都昭示着，不远处就有河流。只不过，高高的篱笆中间，能走的路只剩下一条坑坑洼洼的羊肠小道。

拉车的母马已经有好一会儿不再奔跑。莫纳抽了一鞭子，想继续纵马驰骋，可它却依旧慢慢悠悠地走着。这大个子男孩儿双手把住车辕，侧身瞧了瞧，结果发现马的一条后腿瘸了。他立即从车上跳了下来，神色慌张不已。

"我们怎么也赶不上维埃松的那趟车了。"他小声嘀咕。

其实他最担心的，是自己或许认错了路，走的早就不是去往维埃松的那条大道了。关于这一点，他却不敢承认。

他仔细检查了那头牲口的蹄子，没发现任何受伤的痕迹。这匹马生性胆小，他刚想伸手摸一摸，它立刻抬起脚，拿笨重的马掌在地上蹭来蹭去。莫纳终于明白，原来只是马掌里嵌了颗石子。他虽年纪小，却是个摆弄牲口的高手，于是就地蹲下去，试着用左手抓住马的右掌，放在膝盖之间，此时的车子却有些碍事。试了两次，那马都躲开了，反倒向前走了几米。马凳撞在他脑袋上，车轮撞伤了他的膝盖。他却十分固执，终于还是制服了这头受惊的畜生。只不过石子嵌得有些深，他不得不掏出柴刀，这才抠了出来。

等到他干完这些活儿，终于抬起了脑袋，头晕眼花之际，不禁惊讶地发现，天色已晚……

若换作其他人，早就立马原路返回了，这是避免在迷途之中越走越远的唯一法子。莫纳却有其他考虑。他想着，自己现在离拉莫特应当已经很远，中间睡着的那段时间里，马儿可能还走了某条岔道。再者说，眼下的这条路总归能通往某个村子……此外，还有另一层原因：当这个大个子男孩儿踩上马凳，马儿也急不可耐地甩起缰绳来，他心中升起一种越来越强烈的愿望——纵有千难万险，也定要干成一件事！纵使荆棘载途，也定要抵达某个地方！

　　他鞭子一挥，马儿一跃而起，绝尘而去。天渐渐黑了，小路难行，仅容得下一辆车子通过。偶尔会有篱笆上掉落的一根枯枝被卷进车轱辘，"咔嚓"一声断了……天完全黑下来的时候，莫纳忽地想起圣‒阿加特的餐厅，想到我们正围坐在一起，心头猛地一紧。本来他还有些怒火，可是一想到自己就这么意外地逃了出来，顿时又觉得十分得意，无比高兴……

第九章　歇　脚

突然间，马儿放慢了速度，好像被黑暗中的什么东西给绊住了脚。莫纳见它两次把头低垂下去，又抬起来，最后干脆停了下来，鼻孔贴地，仿佛在嗅着什么。马蹄四周传来潺潺的流水声。一段溪流切断了去路。倘若是夏季，涉水而过应当无碍。可是到了如今这样的时节，水流竟仍然这样湍急，水面都尚未结冰，再往前走就无异于涉险了。

莫纳轻轻扯了扯缰绳，马儿退了几步。他在车子上站了起来，茫然不知所措。就在这时，他发现，枝丫的缝隙中透过来一丝光亮。那里离这条小路应该也就两三个草场……

莫纳下了车，牵着马往后退。为了安抚它，让它不至于因受惊而横冲直撞，莫纳同它讲起话来："来吧，老伙计！来吧！这次咱们不会走太远，很快就能知道咱们到哪儿了。"

朝向小路的是一小片草场，莫纳推开虚掩的栅栏门，赶着马车走了进去。他双脚陷进柔软的草地里，车子无声无息地颠簸着前行。他拿脑袋顶着马儿的脑袋，感受到它的热气和粗重的喘息声……他牵着马，在它背上披上盖毯，一直走到草场尽头的篱笆丛。他拨开围住篱笆的树枝，再一次看到了亮光，原来是一栋孤零零的房子。

尽管如此，他还得穿过三个草场，越过一条小溪。那小溪处危机四伏，他险些两只脚都踩进水里……末了，他猛地从一个陡坡高处一跃而下，发现自己落入一座村舍的院子里。一头小猪正在槽前哼哼地拱来拱去。听到结冰的地面上传来脚步声，一条狗汪汪地狂吠起来。

门上的百叶窗是开着的，莫纳先前看到的正是壁炉中燃烧的柴火，因为除了这火光，再没有旁的亮儿了。屋子里，一个女人站了起来，走到门口，瞧着倒是不害怕。就在这一刻，屋里的重锤钟敲了一下，七点半了。

"对不起，夫人，很不幸，"大个子男孩儿说，"我想我踩到了您种的菊花。"

女人收住了脚，手里端着只碗，盯着他瞧。

"确实，"她说，"院子里黑漆漆的，不好走。"

一阵沉默。莫纳站着瞅了瞅房间。这儿像旅馆一样，墙上挂满了彩色画报，桌上放着一顶男士帽子。

"老板不在吗？"他说着，坐了下来。

"这就回来了，"那女人放下心来，答道，"他出去找木柴了。"

"我不是要找他。"男孩儿边说边挪了挪椅子，离柴火更近了，"我们几个猎人出来设伏，我过来是想问问您能不能匀点面包给我们。"

大个子莫纳知道，遇着乡下人家，尤其是这样独门独户的农舍，说话得十分慎重，还得讲点策略，尤其不能让人瞧出自己不像个当地人。

"面包吗？"她问，"我们也没多少可以给您。面包师傅每周二都路过，今儿个却没来。"

有那么一瞬间，莫纳觉着自己应该离某个村子不远，听到这里却慌了神。

"哪儿的面包师傅？"他问。

"老南赛的呀！"女人惊讶地回答。

"准确来说，老南赛离这儿有多远？"莫纳惴惴不安，继续问道。

"走大道的话，我也不知道到底是多远；不过要是抄近道，有二十八里①。"

她接着就开始讲起，她女儿也住在那儿，每个月的头一个周日都会步行过来看望她，而她的老板们……

────────────

① 原文为 trois lieues et demie，即三古里半，使用的是法国古代长度单位"古里"，一古里约为四公里。因为文中作者也使用"公里"，作为区分，这里采用汉语中另一个较常使用的长度单位，并进行了换算，故为二十八里。后文中出现的"里"，都是这种处理方法，不再赘述。

　　莫纳已经彻底晕头转向，忙打断了她的话："老南赛是离这里最近的镇子吗？"

　　"不，是莱朗德，只有五公里。不过那儿没有做生意的，也没有面包师傅。每年只有在圣马丁节①能有个小小的市集。"

　　莫纳从未听人说起过莱朗德。见自己竟迷路成这样，简直要被自己逗乐了。这下子，一直忙着在水槽里洗碗的女人好奇了起来，她转过身，直直地盯着莫纳，慢慢问道："您不是本地人吧？"

　　这时，门口出现一位老农，怀里抱着捆柴。他把柴火扔在铺着方砖的地上，女人便同他解释这年轻人来做什么。她嗓门儿拔高了好几度，就好像对方耳背听不见似的。

　　"嗯，这个简单。"他只说，"过来点儿，先生，您在那儿可烤不着火。"

　　只片刻工夫，两人便双双坐在了柴架旁：老头儿劈着木柴，扔进火里；莫纳喝了碗奶，吃着人家给他的面包。我们这位旅客，在遭遇了种种烦恼之后，待在这栋简陋的房子里，竟感到志得意满，觉得自己这趟离奇的冒险已行至终点，甚至计划起以后要带上几个小伙伴回来探望这两位好心人。他并不知道，这不过是中途一次歇脚罢了，很快，他便要重新踏上旅程。

　　过了一会儿，他问老农，能否帮自己指条回拉莫特的大道。

―――――――――――――――――――――

①　欧洲尤其是德国盛行的一个宗教节日，每年的 11 月 11 日。

说话间，他透露了些许实情——自己原来驾着马车，和其他几个猎人走散了，现在已经完全迷了方向。

这两人听完，便再三挽留，请他留下来住一宿，等天亮再出发。莫纳最后答应了，不过他得先出去找马，把它牵回马厩来。

"您要当心小道上那些坑。"老农跟他说。

莫纳不敢承认自己并非是从什么"小道"上来的。他正打算开口请这位老实人陪着他一起，走到门槛处又犹豫了一秒。他踌躇不决，差点打了个趔趄，随后，还是走进了黑洞洞的院子。

第十章　羊圈

为免再次迷路，他从原先跳下来的那个斜坡爬了回去。

同来时一样，他穿过柳树篱笆，在草地和水流间缓慢而艰难地找着路。他一直走到草场深处，寻找留在那里的马车，车子却已经不见了。他僵在原地，脑子里嗡嗡直响，却还得留神去听黑暗中有什么响动。什么也没有。他围着草场转了一圈，栅栏门一半开着，一半倒了，像是曾有只车轮从上面碾过。马儿应该是从这里自个儿跑了。

他重新回到小路上，没走几步，脚上便被盖毯绊住了。那毯子显然是从马背上滑下来掉在地上的。他由此认定，那畜生是朝这个方向逃了，便拔腿就追。

现在，他脑中只有一个疯狂的念头，就是无论如何也要追上他的车。血液一下子全部涌到脸上，他内心慌乱不已，仿佛大祸临头一般，跑啊跑……他的脚还不时被车辙印子绊上一两下。到了拐弯处，天黑得根本看不清路，加上他早已精疲力竭，完全来不及刹住脚，于是就整个儿地撞在了篱笆上。为了不伤到脸，他伸出双臂，挡在那些树刺前，双手顿时被划开好几个口子。他追啊追啊，偶尔也会停下来，听一听，再重新出发。有那么一瞬间，他觉得自己听见了马车的动静，结果却只是一辆拉货的大车，一路颠簸着从左边的某条大道上远远驶过……

直到被马凳撞过的膝盖疼得再也受不了，他才不得已停下了脚步，一条腿已经僵硬。这时他才想到，倘若那畜生不是跑得飞快，自己早该追上了。他心下琢磨，一辆马车不能这样莫名其妙就丢了，总有人会发现它。最终，他还是选择往回走。他拖着沉重的步伐，又累又气。

就这样又走了好长一段时间，他认为自己又回到了刚才离开的地方附近，便寻摸起房子来。没多久，他真的瞧见了亮光，还有条小道在篱笆丛里向深处蜿蜒。

莫纳心想："这就是老农说的小道了。"

他一脚踏上了这条小道。想到不用再跨一次篱笆，再爬一趟斜坡，他心里还美滋滋的。走了一会儿，小道朝着左边延伸出去，亮光却仿佛飘向了右边。到了一处岔路口后，莫纳只想着赶紧回到那简陋的村舍，便不假思索地选了一条看上去能够直通那里的小径。他朝这个方向走了还不到十步，亮光就消失不见了，或许是被篱笆挡住了，又或许是主人等累了，关上了百叶窗。莫纳鼓起勇气，从农田里穿过，朝着早先亮光的方向径直走去。接着，他再一次跨过了一道篱笆，结果遇上的是另一条小径……

就这样，莫纳脚下的路渐渐变得扑朔迷离起来，不久前他才离开的那户人家现在也算是彻底没了踪迹。

他泄了气，心力交瘁，万念俱灰，却还是决心沿着脚下这条路走到底。他往前走了百余步，来到了一大片灰白的草场。从那里每走上一段路，就现出一片影子，大约是杜松。在某段隆起的坡地上，还有一栋黑黢黢的建筑。莫纳走了过去，才发现那不过是处大一点的畜牧场，也可能是一个废弃的羊圈。门"吱呀"一声被推开。一阵大风驱散了层云，月光透过隔板的缝隙洒了进来。到处弥漫着一股发霉的气味。

莫纳没再继续往前探路。他双肘贴地，头枕着双手，躺在了潮湿的稻草上；不一会儿，又解下腰带，膝盖顶着肚子，蜷缩进罩衣里。这时他想到，给马儿用的那条盖毯被自己落在了路上，不禁觉得倒霉透顶，又倍感懊恼，直想大哭……

于是，他决定努力去想些别的事情。寒气钻入骨头里的时候，他想起一个梦来——确切地说，只是一个幻影，他很小的时候看到的一个幻影，此前从未向人讲起过。那是一个清晨，他醒来的时候，发现自己并不在挂着短裤和外套的卧室里，而是躺在一个长长的、绿色的房间里，那儿有着树叶一样的帷幔。一道柔和的光芒倾泻其间，甜美得让人忍不住想要尝上一口。第一扇窗子旁边，有个女孩儿背对着他，正缝着什么，似乎是等他醒来……他当时没能溜下床去，走进这处仙境。他又睡着了……可是下一次，他发誓一定会起来。也许就是明天早上……

第十一章　神秘的庄园

晨光熹微，他又继续上路。那只肿胀的膝盖害得他没走两步就得停下来坐一会儿。莫纳脚下所在的地方是索洛涅一带最荒凉的地区。整整一上午，他就望见了一个牧羊女在遥远的天边赶着羊群往回走。他大声地呼唤她，还试着跑过去，却都是徒劳，她什么也没听到就消失了。

不过，他仍然继续朝着她的方向走去，速度慢得连他自己都要受不了。莫说片瓦只檐，人影也不见一个。就连沼泽边的芦苇丛里，也是一声杓鹬的鸣叫都听不到。在这一片苍凉寂寥之上，闪耀着十二月明亮冰冷的太阳。

当他终于看见，一座灰色塔楼的尖顶从一片冷杉林上方显露出来时，大约已是下午三点。

"一座被人抛弃的旧庄园，"他心想，"一间鸽子都不要的鸽舍！……"

因此，他并没有加快脚步，只是往前继续走着。

走到林子拐角，在两根白色木桩中间，出现一条林荫小道，莫纳忙走上前去。他走了几步就大吃一惊，停了下来，一种说不清、道不明的情绪涌上心头。他又抬起了脚，步态依然疲惫，冰冷的风吹裂了他的唇，有时甚至让他感到窒息。然而，一种异乎寻常的满足感却令他振作起来，他体会到一种无上的安宁，甚至有意沉醉其中。现在他确信，自己的目标已经达到，只余幸福仍值得期许。从前，每逢夏季重要节日的前夕，等到天黑后，人们便开始在镇子的街道上栽种冷杉，当枝条挡住了他房间窗户的时候，他就会有眼下这种同样的感受。

"多么快乐，"他自忖，"就因为我到了这处老鸽舍，到处都是猫头鹰，还有穿堂风？！……"

他生着自己的气，停下了脚步，琢磨着是否折返，往下一个村子前行。他低头思考了一会儿，突然注意到脚下的林荫道被人打扫过，留下一个个规则的圆弧，跟他老家过节时人们所做的如出一辙。他所在的这条路和圣母升天节早晨的拉菲尔特大街简直一模一样！要是现在拐弯处出现一支喜庆的队伍，像六月里那样弄得尘土飞扬，他也不会太过惊讶。

"这样僻静的地方能有节庆聚会吗？"他寻思着。

他一直走到第一个拐弯处，听得一些声音愈来愈近。旁边是片茂密的冷杉林，刚栽种不久，他嗖的一下钻了进去，蹲下身子，屏气凝神去听——那是些孩子的声音。

一群孩子正好从他旁边走过。其中一个应该是个小姑娘，说起话来乖巧动听，莫纳虽然不明白她话中的意思，却也不禁笑了。

"只有一件事让我担心，"她说，"就是那些马的问题。比方说，要是达尼埃尔想骑小黄驹，咱们谁也拦不住。"

"谁都拦不住我。"一个嘲讽的声音答道，是个男孩儿，"不是答应我们做什么都行吗？哪怕我们自讨苦吃呢，只要我们乐意……"

这些声音渐渐远去，另一群孩子又走近了。

"如果冰化了，"一个小姑娘说，"明早我们就划船去。"

"可是人家能答应我们吗？"另一个小姑娘问。

"你们得知道，这次聚会是由着我们自己心意来的。"

"要是弗朗兹今晚就和他未婚妻一起回来了呢？"

"那他就得按我们要求的做！……"

"这大概是场婚礼，"奥古斯丁心说，"不过，这里由孩子们定规矩吗？真是个奇怪的地方！"

他有意从藏身处走出来，想问问他们哪里能弄到点吃的和喝的。等到他站起身，却看见刚刚过来的那群人也走远了。那是三个纤弱的女孩儿，都穿着平整的及膝连衣裙，戴着漂亮的系带帽子。三人的脖颈上都还挂了一根洁白的羽毛。其中一个女孩儿侧着脸，微微俯着身子，听自己的伙伴在那儿长篇大论，指指点点。

莫纳低头看了看自己，身上那件庄稼人穿的罩衣早已破破烂烂，圣－阿加特公学发的腰带又奇奇怪怪，他不禁自语："我可能会吓着他们……"

担心着撞见从林荫小道返回的孩子，莫纳便索性不出冷杉林，继续朝"鸽舍"的方向走，也不去管自己到了那里能要到些什么。不一会儿，他就到了林子边上，被一堵爬满青苔的矮墙拦住了去路。墙的另一边与庄园配楼之间隔着一座狭长的院子，里面停满了马车。遇上赶集的日子，家附近的客栈院子也是这般场景，什么样的马车都有，形形色色，五花八门：有精巧的四座小车，车辕朝天竖着；有带着好几排长凳的观光马车；有篷顶嵌了行李架的牛奶车①，式样早已过时；还有年代久远的柏林马车②，车窗已摇了上去。

莫纳怕被人看见，始终躲在冷杉树后，观察着乱糟糟的庭院。他突然瞧见，在院子另一头，就在一辆观光马车的长凳上方，配楼的一扇窗户半开着。本来窗子外边该有两根铁栏杆拦着，许多马厩的百叶窗就是靠这样封着。可是日子久了，这两根铁栏杆早已松动。

"我从这里进吧，"莫纳心想，"就睡在干草垛里，天一亮我就走，不会吓着那些漂亮的小姑娘。"

他跨过矮墙，由于膝盖受了伤，很是费了些力气。他从一辆

---

① 一种轻型双轮手推车，多为城镇中零售牛奶的商贩使用。这种车在法国各地都很常见，以勃艮第地区波旁内的牛奶车最为有名，原文用的便是 bourdonnaise。

② 一种四轮双座篷盖马车，因为这种马车最早从柏林通勤到巴黎，所以在法语中叫作 berline。

车后躲到另一辆车后，又从一辆观光马车的长凳上爬到一架柏林马车的篷顶，终于挨到了窗边。紧接着，他像推门那样，轻轻推开了窗户。

可入目却并非一间干草棚。这个房间非常宽敞，天花板不高，想来应是间卧室。冬天的傍晚，天色已经阴沉，只能够依稀辨出桌子、壁炉，还有扶手椅上摆满了高高的花瓶、昂贵的物件和旧式的兵器。屋子最里头垂着帘子，挡住的大约是放床的凹室。

莫纳关上了窗子，一是因为怕冷，另也担心被外面的人看到。他走到最里边，掀开帘子，看到一张宽大的矮床，上面堆满了书口刷金的古董书、断了弦的琉特琴和乱七八糟扔作一堆的烛台。他把这些东西往凹室里头一推，四肢摊开躺在了床上。他想休息一下，顺便也想一想自己此番探险所遭遇的奇怪事。

这庄园里万籁俱寂，偶尔能听到一两声寒风呜咽。

尽管遭遇了许多怪事，尽管小路上有孩子们的声音，尽管院子里挤满了马车，可是直到躺在床上，莫纳才终于开始怀疑，这里是否真如他起初所想的那样，只是一座被遗弃在寂寂冬日里的老房子。

他正想着，风中似传来一支乐曲，那乐声失落伤感，仿佛是在追忆那有着诸多魔力却满是遗憾的旧时光。他想起，母亲还很年轻的时候，下午常在客厅里弹钢琴，他就悄悄躲在那扇朝向花园的门后，听啊听，直到夜幕降临……

"听起来是有人在什么地方弹钢琴吧？"他想。

他的问题还没找到答案，就累得很快进入了梦乡……

第十二章　威灵顿的房间

他醒来的时候，天已经完全黑了。他冻得发僵，在床上翻来覆去，身下那件黑色罩衣弄得皱皱巴巴。一道青绿的幽光洒在凹室的帘子上。

他从床上坐起来，将头伸出帘子。窗户不知被谁打开了，在窗洞两边各挂了盏绿色的威尼斯灯笼。

刚瞅了一眼，莫纳就听见楼梯间传来低沉的脚步声，似乎还有人在小声说话。他闪身退进凹室，墙脚堆着的正是他之前推过来的那些青铜物件，他那钉了铁掌的鞋子不小心踢在其中一件上，发出"铛"的一声。他紧张得大气也不敢出，憋了好一会儿。脚步声越来越近，两条黑影溜进了房间。

"别弄出声来。"其中一人说。

"啊！"另一个说，"他该醒过来了！"

"你布置好他的房间了吗？"

"当然，跟其他房间一样。"

一阵风吹过，那扇开着的窗户"哐当"一声响了。

"看，"第一个声音说，"你没关窗。风还吹灭了一盏灯笼，得再点上。"

"唉！"另一个突然提不起劲儿，打起了退堂鼓，"这儿就跟荒郊野外似的，再灯火辉煌又能有什么用？连看的人都没有。"

"没人？夜里还会陆续有人来呢。待他们走到那边的大道上，在车里就能看见咱们这些灯，他们会很高兴的！"

莫纳听见了擦火柴的声音。最后说话那人似乎是个领头儿的，再开口时依旧拖腔拉调，俨然莎士比亚笔下的掘墓人："你放些绿灯笼到威灵顿的房间去，再放几盏红的……你懂得的可没我多！"

一阵沉默，这人接着说道：

"这个威灵顿——是个美国人吗？那么，绿色是一种美国色喽？作为见过世面的演员，这些你应该都知道吧。"

"哎哟！"那"喜剧演员"答道，"见过世面？是，我是出过门，但我什么也没见着！在大篷车里能看见什么？"

莫纳小心翼翼地透过帘子缝隙往外瞧了瞧。

指使人干活儿的是个秃顶的胖子，整个人塞在一件肥大的外套里，手里拿一根长长的竿子，上面挂了五颜六色的灯笼。他跷着二郎腿，悠闲地看着同伴忙上忙下。

　　至于"喜剧演员"，他那样貌惨不忍睹，世间罕有，简直难以想象：又高又瘦，一直哆哆嗦嗦，眼睛斜视，眼神阴郁，胡子老长，长得都碰着了豁牙嘴——活生生一副溺死者仍在哗啦啦往石板上淌水的模样。他胳膊上只有一层衬衫袖子，冻得牙齿咯咯直响。从他那一言一行也能看出，他对自己也是极为不齿。

　　经过一番既痛苦又可笑的思考，他走到同伴跟前，张开双臂，说了实话："你希望我同你讲吗？……我不能理解，这种场合，怎么会有人找我们这样倒胃口的人来伺候！就这样，我的朋友……"

　　胖子并没有在意这番动作下的肺腑之言，而是继续盯着对方干活儿。他跷着二郎腿，打了个呵欠，悄悄抽了抽鼻子，最后背过身去，扛起竿子，边走边说："来吧，走了！到点儿换衣服吃饭了。"

　　那波西米亚人① 跟着他，经过凹室前却行了个屈膝礼，开玩笑似的掐着嗓子说："睡觉的那位先生，哪怕您和我一样是个可怜人，现在您只需醒来，穿上侯爵的衣服，就能下楼去参加化装舞会，那些小少爷和小小姐们会很高兴的。"

————————————

①　从喜剧演员的衬衫可以看出他是个波西米亚人。

　　他又鞠了最后一躬，学着卖艺人的叫卖，续上一句吆喝："我们的伙伴，厨房专员马洛约，稍后将为您扮演哈勒昆，我——您的仆人，将扮演大个子皮埃罗①。"

---

① 文艺复兴时期，意大利兴起一种即兴喜剧，又称"假面喜剧"。在多个固定角色中，有两个最为著名，即仆人哈勒昆（Arlequin）和小丑皮埃罗（Pierrot）。

第十三章　奇怪的聚会

他们前脚刚走，莫纳就从藏身处走了出来。他双脚冻坏了，关节也发僵，不过好在休息了会儿，膝盖似是无碍了。

"下去吃晚饭，"他想，"这我可不能错过。我无非就是个大家都不记得名字的客人。再者说，我也不是什么不速之客，马洛约先生和他的同伴已经在等我了……"

离开凹室那伸手不见五指的黑暗，又有绿灯笼照着亮，莫纳现在已经能够看清整个房间。

那个波西米亚人已经"布置"过这儿了。衣钩上挂了几件大衣。结实的大理石梳妆台上放了些东西，足以让头一天还在某个废弃羊圈里过夜的男孩儿变成一个公子哥儿。壁炉上大大的烛台旁躺着几根火柴。不过，他们忘记给地板打蜡了，莫纳感到鞋底下有石子和沙砾滚来滚去。他再一次觉得，这房子已经闲置很久了……他朝壁炉走过去的时候，差点撞到一摞纸箱和盒子，于是伸长了手臂，点燃蜡烛，揭开盖子，弯下腰去，看了看里面有什么。

原来，里面都是些给年轻人穿的陈年旧衣，有高领的丝绒礼服，有领口极低的细布马甲，有数不清的白色领带，还有本世纪初时兴的漆皮鞋。这些东西他连一个手指都不敢碰。直到打着寒战把自己收拾干净，才在他那件校服上衣外头套了件宽大的外衣。他把褶皱的领子翻起来，脱掉自己那双打了铁掌的鞋子，换了双薄底浅口漆皮鞋。一切收拾停当，莫纳便光着脑袋下楼了。

他沿着木楼梯一直走，直到走进一座黑漆漆的院子，停在一处偏僻的角落，一路上并没遇着什么人。夜晚冰冷的风吹拂着他的脸，吹动了他大衣的一角。

他走了几步，借着朦胧的天光，很快弄清了这里的格局。他所在的这方小院四周都是些辅楼，个个陈旧破落。所有的楼梯口都敞着，门早被拆了。窗户玻璃也没有人换，在墙上留下一个个黑乎乎的洞口。然而整个场景又透出一股神秘的节日气氛。底层房间里飘着五颜六色的光影，朝着田野的那一边定是也点上了灯笼。地面清扫过了，杂草也有人拔了。莫纳竖起耳朵，仿佛听到有人唱歌，像是孩子们和年轻女孩儿的声音。那声音就来自那儿，他也弄不清究竟是哪栋楼，只看到那一个个粉色、绿色、蓝色窗口前，树枝在风中摇曳。

他穿着大衣，像猎人一样站在那儿，猫着腰仔细听着，这时，旁边看似已经荒废的一栋楼里走出来一个矮个子年轻人，气度非凡。

这人戴了顶弧度很大的高顶礼帽，就算在夜里也闪闪发光，宛如银子做的一般。他的衣服领子高高竖起，连头发都遮住了，还穿了一件领口很低的马甲和一条踩脚裤……这翩翩少年约莫十五岁，走路时踮着脚，仿佛是被裤脚的松紧带弹起来似的。不过，他走得飞快，从莫纳跟前经过的时候也没有停下，只是下意识地深深行了个礼，就消失在黑暗中，朝着中间主楼的方向走去。那楼看上去很难辨别出究竟是农庄、城堡还是修道院，不过晌午过后给莫纳引路的正是它的塔楼。

只稍稍犹豫了几秒，我们的主人公就跟上了那个奇怪的小个子。他们穿过一座大大的庭院，路过几簇花丛，又绕过一个树篱围着的鱼塘、一口井，才终于站在了主楼的门前。

那是一扇笨重的木门，顶部呈圆弧形，同牧师的宅子一样嵌着钉子。那翩翩公子眨眼间便冲了进去，莫纳则跟在后头。他甫一踏上走廊，尚未见着一个人影，就被笑声、歌声、呼喊声和追逐声团团围住。

走廊的尽头是一条横向的过道，不时有声音从某些房间的门后传来。他正犹豫，不知是该一直走到头，还是索性推开其中一扇门走进去。就在这时，他看见两道纤细的身影追赶着出现在另一头。他立时踩着那双薄底浅口鞋，蹑手蹑脚地跟了过去，想要追上她们看个明白。一阵开门声后，宽檐带褶女帽下露出两张十五岁的脸庞，夜里的凉风和追逐打闹令她们的脸颊浮起一层红晕，愈发娇嫩如玫瑰。而这一切眼看就要在一闪而过的亮光里消失了。

有那么一秒钟，为了好玩，她们甚至围着自己打起旋儿来，那轻盈的蓬蓬裙飘了起来，鼓了起来，那有趣的长裤露出了花边。转完这一圈，她们齐齐跳进了房间，关上了门。

莫纳呆立着，眼花缭乱了好一阵子，在那个幽暗的走廊里竟有些站不稳。他现在开始害怕被人撞见。他看上去犹犹豫豫，笨手笨脚，说不定会被人当成小偷。再三思量后，他决定折回门口。可是他再一次听到了走廊深处传来脚步声和孩子们的说话声，两个小男孩儿正聊着天，往自己这儿走来。

"就要吃晚饭了吗？"莫纳镇定地问道。

"跟我们来，"大一点儿的那个答道，"我们带你去。"

通常，重要日子的前一晚正是孩子们之间加深信任并建立友谊的良机，于是他俩话不多说，便一人拉起了他一只手。这两个大概是农户家的孩子，穿着自己最漂亮的衣服：一条五分长的小马裤，露出厚厚的羊毛袜和木底皮面套鞋，一件蓝丝绒短上衣，一顶相同颜色的软帽，还有一个白色的领结。

其中一个孩子问："你认识她吗？"

小一点儿的那孩子脑袋圆圆的，眼神天真无邪，他答道："我啊，妈妈跟我说，她穿的是黑色连衣裙，搭的是轮状皱花领圈，像个漂亮的小丑。"

"谁啊？"莫纳问。

"哦，弗朗兹去找的未婚妻……"

莫纳还没来得及继续问，三人便已经来到了一间宽敞的大厅门口，里面炉火烧得正旺。几张木板被搭在条凳上，权当桌子来用，上面铺了白色的桌布。来吃饭的人形形色色，颇有节日的氛围。

第十四章　奇怪的聚会（续）

这间天花板很低的大厅里，正在进行的晚宴很像是乡下人家在婚礼前夕招待远道而来的亲戚。

那两个孩子已经松开莫纳的手，飞快地跑进了隔壁的房间，里面传来孩子们叽叽喳喳的说话声，还有调羹叮叮当当的敲击声。莫纳壮了壮胆子，稳了稳心跳，跨过一条长凳，坐在了两个老妇人旁边。他很快就狼吞虎咽地吃了起来，过了好一会儿才抬起头看看席上其他客人，听他们聊天。

话说回来，聊天的没几个人。这些人相互之间似乎也不怎么熟悉。他们有些大概来自边远山村，有些则来自很远的城镇。零零散散地挨着桌子坐着的，有几个上了岁数的老人，满脸络腮胡子，还有几个胡子刮得精光——也许从前当过水手。坐在他们另一侧的几位老汉看上去与他们颇有几分相似：同样发黑的脸庞，同样浓密的眉毛，同样锐利的眼睛，同样系得紧紧的领带，像鞋带一样……但是不难看出，这几位最远怕也只是去过县城。若说他们也曾无数次风里雨里摸爬滚打，也曾"舟车劳顿"，那其实却没有冒什么风险——无非就是开沟起垄到地头，再扶着犁掉转回来……这里几乎看不到什么女人，仅有的几位都是农村来的老妇人，圆圆的脸蛋像蔫巴苹果一样皱巴巴的，头上戴着镶有褶皱花边的软布帽子。

莫纳发觉，与席间这些客人相处，无不自在，无不信任。后来，当谈到自己的这种印象时，他这样解释道："当你犯了不可饶恕的滔天大错，心中痛苦之际，难免会这样想，世间总有人会原谅你。你想到的人里有老人，那些愿意纵容你、溺爱你的爷爷奶奶，他们总是无条件地相信你，不管你做什么，都觉得你做的是对的。很显然，这间大厅里的宾客就是按照这个好人的标准被选中的。还有另外一类，就是那些小孩儿和少年……"

此时，莫纳身边的两个老妇人聊起天来。

年纪稍长那个，说话声有些滑稽，尽管她已经尽力柔和，可是声音仍十分刺耳："一切哪怕进行得再顺利，这对新人明天三点之前也到不了。"

"闭嘴吧，你这是惹我发火哪。"另一个听着更加沉着冷静。

这位老妇人额上戴着顶手工编织的宽边软帽。

"咱来算一算！"先头说话那人倒也没有半点激动，"从布尔日到维埃松坐火车是一个半钟头，从维埃松到这里，得驾着车子走五十六里地……"

争论还在继续。莫纳没有错过这两人说过的任何一句话。多亏了她俩这场和平的斗嘴，他多少弄明白一些情况：这间庄园的少主人叫作弗朗兹·德·加莱，是个学生，也可能是个水手，再不然就是想当水手，具体的没人知道。他去了布尔日找一个姑娘，要把她娶回来。奇怪的是，这男孩儿年纪轻轻，却十分古怪，庄园里的一切都由着他做主。按照他的要求，他那未婚妻进门的时候，整栋房子要像节庆日子里的宫殿般张灯结彩。为了庆祝那女孩儿的到来，他还亲自下帖邀请孩子和宽厚长者。从两个妇人的争吵中，莫纳弄清楚的就是这几点，剩下的依旧成谜。她俩吵来吵去总会绕回一对新人何时归来的问题上去，一个坚持认为是明天一早，另一个则觉得要等到下午。

"我可怜的穆瓦奈尔，你总是那么疯狂。"岁数小的那个平静地说。

另一个耸了耸肩，用最温和的声音说道："你呀，我可怜的阿黛尔，你总是那么固执。我有四年没见着你了，你却一点儿都没变。"

两人就这样你一言我一语地继续针锋相对，却没一个人真动气。莫纳想知道更多，就插了一句嘴："弗朗兹的未婚妻长得真的像传闻中那么漂亮吗？"

　　她们看了他一眼，都愣住了。除了弗朗兹，没人见过那女孩儿。就连弗朗兹自己，也只是从土伦①回来的某天晚上见过她一面，那是在布尔日一个被人称作"沼泽地"的花园里。她当时脸上愁云惨淡，不久前，她那个织布工的父亲把她赶出了家门。她长得实在漂亮，弗朗兹当下就决定娶她。这故事听着那么离奇，可弗朗兹的父亲德·加莱先生和他妹妹伊冯娜不是凡事都依着他嘛！

　　莫纳正掂量着打算再问点其他问题，这时，门口出现了一对可人儿：一位是穿着丝绒短上衣、百褶裙的十六岁小姑娘，另一位是穿着高领上衣、踩脚裤的年轻男子。他俩跳着双人舞穿过了大厅，一些人跟了上去，另有些则大声叫着，也跑了过去，跟在他们后面的是一个高个子的白脸小丑。他那衣袖长出好大一截，戴着顶黑色软帽，笑起来时会露出豁了一角的牙齿。他笨拙地大步奔跑着，每跑一步都像要跳一下，空荡荡的长袖子甩啊甩的。年轻姑娘们有些怕他，小伙子们同他握了握手，孩子们见了他却十分高兴，一个个发出震耳欲聋的尖叫，追在他的身后。从莫纳身旁经过时，他用那双玻璃般的眼睛往这边瞥了一眼。莫纳认出了他，虽然他胡子已经剃得干干净净，可他应该就是马洛约先生的同伴，先前挂灯笼的那个波西米亚人。

　　用罢晚餐，所有人都起身离座。

———————————

① 法国东南部靠着地中海的一座城市，位于马赛以东。

走廊里跳起了回旋舞和法兰多拉舞①。不知从哪里响起了小步舞曲的演奏声。莫纳有一半脑袋缩进了大衣的领子里，看起来像戴了个草莓领②，他觉得自己此刻变成了另一个人。他被欢乐的气氛所感染，也加入了追逐小丑的队伍，跑过了庄园里一道又一道的走廊，恍若置身剧场的后台；台上正上演着一幕哑剧，而四周充满了欢声笑语。他就这样混迹身着奇装异服的人群中间，一直狂欢到深夜。有时，他会推开一扇门，发现房间里正有人用魔灯③投影表演，孩子们大声地拍手叫好；有时，他会待在人们跳舞的那间大厅的角落里，找个时髦的少爷聊会儿天，粗略打听一下后面几天该穿什么样的服装……

时间一点点过去，看着每个人都笑逐颜开，他反倒变得有些不安。他时时刻刻都在担心，自己那件学生上衣会不会从半敞的大衣里露出来，便急去寻个最安静、最不起眼的地方躲上片刻。那里只能听到低沉的钢琴声。

他走进的是一个安静的房间。那是间餐厅，亮着一盏吊灯。

这里面也在聚会，然而是小孩子们的聚会。

他们有的坐在软垫上，翻看膝头的相册；有的蹲在地上，

---

① 回旋舞（ronde）和法兰多拉舞（farandole）都是法国的民间集体舞蹈，风格热烈活泼，节庆活动上比较常见。

② 即拉夫领，紧绕在颈项旁的一圈百褶式领环。但法语中用的是 fraise，本义是草莓，故此处译为“草莓领”。

③ 17 世纪欧洲人发明的一种凸镜投影装置，属于早期的幻灯机，与我国以前的“拉洋片”也有些类似。此处为免产生误解，没有使用“幻灯”一词，而是保留原文 magique 一词的“魔幻”之意。

把照片在面前的一把椅子上一张张摊开；有的坐在火炉旁，什么也不说，什么也不做，就在这空旷的大房间里，听着远处传来载歌载舞的喧闹声。

这间餐厅的一扇门敞着，能听到隔壁房间里有人在弹钢琴。莫纳好奇地探过头去。那是一间小会客厅。背对着他的是一个女人，也许是个女孩儿，肩上披着一件栗色的大衣，轻柔地弹奏了些曲子，像是回旋曲，又像是小调。她身边的一张长沙发上，坐着六七个小男孩儿和小女孩儿，他们在当听众，像拍照一样排排坐着，同天黑之后的孩子一样乖巧。只是时不时会有一个孩子手撑着地站起身来，在地板上滑几下，回到餐厅里，而此时看完照片的那些孩子里也会马上出来一个，顶上他的位置……

刚才宴会上的一切是那么迷人，却又让人热血沸腾，几欲疯狂，莫纳自己也疯了似的追过那高个子小丑。但真正使他沉醉的，却是这世间最宁静的幸福。

那女孩儿继续弹着，莫纳静静地回到餐厅坐下。桌子上零乱地放着些厚厚的红皮书，他翻开一本，漫不经心地读了起来。

几乎在同一时间，蹲在地上的一个孩子靠了过来，拽着他一只胳膊，爬到他的膝盖，跟他一起看书。另一边也有个孩子做了一模一样的事。这真是一场梦啊，多像他从前的一个梦，他想象了很久很久：这儿是他自己的家，他已经结了婚，一个如此美好的夜晚，他身旁这个迷人的、陌生的弹钢琴的人儿，是他的妻子……

第十五章　相遇

第二天一大早，莫纳就赶在别人前面收拾停当了。他按照前一晚从别人那里得来的建议，上身套了一件式样过时的黑色礼服，里面选了一件蓬蓬袖紧身衣和一件双排扣马甲，下身则是一条长长的肥腿裤，长得盖住了那双精巧的皮鞋，头上还戴了顶礼帽。

他下楼时，院子里还空无一人。他走了几步，竟觉得仿佛季节变换，春日已至。这确实是整个冬天最暖和的一个清晨。太阳如四月初那样暖洋洋地照着，冰雪开始融化，湿润的草地上如同洒了一层露珠，正闪闪发光，枝头上几只小鸟在唱歌，和煦的微风不时拂过散步之人的脸庞。

莫纳就像那些比主人醒得早的客人，自从走进院子，就时刻期待着会有一个热情欢快的声音在他身后响起："奥古斯丁，你已经起来啦？……"

可是他沿着花园和院子溜达了很久，也始终是独自一人。主楼那边，不管是窗子还是塔楼，都没有什么动静。不过，已经有人拉开了圆顶木门的两叶门扇。顶层的一扇窗户反射着清晨第一缕阳光，好似夏天一般。

莫纳这才第一次在大白天看清了此处的模样。一面围墙破得只剩下些断垣残壁，将荒废凋敝的花园和院子隔了开来，而这院子也是近日里才撒了些沙子，用耙子拢了拢。在他住的配楼边上有几间马厩，盖得倒是错落有致，却也徒增了许多犄角旮旯，荆榛满目，地锦乱爬。冷杉树林一直延伸至庄园，把这一带的平原竟掩得看不见，只有朝着东边望去，还可以看见连绵的青色山峦，那山上除了满是岩石，自然还少不了冷杉。

花园里，鱼塘四周的木头栅栏已经摇摇晃晃，莫纳倚着靠了一会儿。鱼塘边上还漂着些薄薄的浮冰，像泡沫一样堆叠在一起。他在水中看到了自己的倒影，宛如仰面躺在天上，一身装束有如风流倜傥的学生。他仿佛看到了另一个莫纳，不是那个坐着庄户人家的马车里、偷跑出来的学生，而是一部获奖佳作里的人物，魅力迷人，极富传奇……

莫纳忽觉腹中一阵饥饿，便快步走向了主楼。前一晚，他用餐的那间大厅里，正有一个农妇在摆放餐具。桌布上的碗整整齐齐，莫纳对着其中一只坐了下来。那农妇给他倒了杯咖啡，说道："先生，您是头一个。"

他害怕被人当场认出自己是不速之客，什么也不愿意回答，想起之前听到上午的泛舟出游计划，就问了问几点出发。

"半小时内走不了，先生，还没人下楼呢。"她答道。

于是，他继续四处逛荡，寻找乘船的渡口。长长的城堡式建筑像教堂一样，左右两翼并不对称。当他绕过南边那一侧，一大片芦苇跃然映入他的眼帘，目之所及，都是颤动的叶。池塘的水自这边流过来，浸湿了墙脚。好几扇门前都有悬空的木质亲水平台，水波在下面微声荡漾。

反正闲来无事，莫纳便在这儿溜达了好一阵子。脚下的堤岸铺满了沙子，看着像是纤道。他饶有兴趣地观察了每一扇大门，透过蒙尘的玻璃看到，有的房间里面破旧不堪，也许是闲置了，有的里面堆满了杂物，比如手推车、生锈的工具、破损的花瓶等。这时候，他听到有人从另一头踩着沙子，嘎吱嘎吱地走了过来。

来的是两个女人。一个已经年老，佝偻着背；另一个是金发少女，细高个儿，莫纳头天夜里看遍了各式各样的奇异打扮，这会儿一看到女孩儿一身迷人的衣装，依然觉得与众不同。

她俩驻足赏了会儿风景。莫纳自言自语道："这可能就是别人口中的与众不同的女孩儿，兴许是个女演员，人家为了聚会请她来的。"他话中透着惊奇，后来自己也觉得这样十分无礼。

这时，她俩朝他这边走过来了，莫纳一动不动地盯着那个女孩儿。

后来，他每次睡前试图回想起这张美丽的面孔，总会绝望地发现记忆已经模糊不清，而当他进入梦乡，看到的却是一排又一排肖似的年轻女孩儿打他面前走过。这一个同她一样戴了顶帽子，那一个像她似的若有所思；另一个和她一样眼神纯净，再一个如她一般袅袅婷婷，还有一个也是蓝眼睛；可是没有哪一个真的是她。

莫纳有足够的时间看清楚那女孩儿——一头浓密的金发下，是一张五官偏小的脸，但是若要把那纤秀的线条一笔笔画出来，非得下一番苦功夫不可。她从他跟前经过时，他又仔细端详了一下她的打扮，那般简单、端庄……

他正迟疑，不知是否要同她们一起走。那女孩儿微微转身朝向了他，对她的同伴说："我想，现在的话，应该不用多久就开船了吧？……"

于是，莫纳便跟了上去。那老妇人弯腰驼背，颤颤巍巍，却一直快活地聊着天，笑个不停。女孩儿答话时总是轻声细语的。她俩朝着渡口走去的时候，她露出了天真却又深邃的眼神，仿佛在问："您是谁啊？来这里做什么呢？我不认识您，可又觉得好像见过您。"

其他一些宾客已经零零星星地散在林子里等着了。三艘游船停靠在岸边，等着散步过来的人随时上船。当庄园女主人和她女儿模样的贵妇人走过来的时候，小伙子们纷纷鞠躬行礼，贵族小姐们也往前倾了倾身。多么奇怪的早晨！多么奇特的聚会消遣！尽管冬日难得有太阳，天气却还是很冷。女人们脖子上围了一圈又一圈的羽毛围巾，正是当下时兴的……

那老妇人留在了岸上，莫纳却不知怎的就跟着庄园女主人上了同一艘船。他靠在甲板的栏杆上，一只手拿着被大风吹扁的帽子，悠然自得地凝望那个女孩儿。她坐在了避风处，也在望着他。她回答完同伴的话，微微一笑，然后就把温柔的目光放在他的身上，轻轻咬着自己的嘴唇。

接下来，两岸一片寂静，船只缓缓驶过，只听得到平稳的引擎声与水声。船上的人恍惚间觉得眼下正值盛夏时节，似乎要在某处世外桃源上岸，年轻的女人会撑着一柄白色阳伞漫步其间，鸽子在午后咕咕地叫着……突然起了一阵冰冷的风，方才将这奇怪聚会上的宾客们拉回了十二月。

船儿在一片冷杉林前靠了岸。乘客们还得一个挨着一个地在这渡口等上片刻，直到船夫把栏杆上的挂锁打开……莫纳后来才不无激动地想起来，就在这短短一分钟里，在这岸边，那女孩儿消失了的面孔就近在眼前！他看着她干净的侧脸，使劲儿睁大了双眼，差一点就要泪盈于眶。他记得自己看到，她的脸颊上残留了些粉末，仿佛向自己倾诉了一小桩秘密……

到了岸上，一切都恍如梦境。孩子们欢呼雀跃地跑开了，大人们三五成群地在树林里各自散开。莫纳踏上了一条林荫路，他前方十步远，正是那个女孩儿。他想都没想便靠了过去，说了句："您真美。"

她没有应声，反而加快了脚步，拐上了一条岔路。其他闲逛的人正在树林间奔跑嬉戏，每个人都能够自由自在，自得其乐。我们这位年轻人却因为自己的莽撞、粗鲁、愚蠢而自责不已。他漫无目的地随处乱走，认定自己再也见不到那位女孩儿。就在此时，他却看到对方正朝着这边走来，注定会在这条通幽曲径上和自己擦身而过。她双手拂了拂大衣的褶子，脚上一双浅口黑色皮鞋，脚踝细得时不时扭一下，看了让人直担心会不会折断。

　　这一次，我们的年轻人行了个礼，低声说道："您愿意原谅我吗？"

　　"我原谅您。"她郑重地说，"不过，我得去同孩子们会合，他们才是今天的主人。再见了！"

　　奥古斯丁恳求她多待一会儿。他变得笨嘴拙舌，声音慌张，显得十分不安，她便放慢了脚步，听他说话。

　　"我都不知道您是谁。"她终于说。

　　她的每个字都用同一种方式吐出，所以都是同一个声调，只不过，会在最后一个字上更加轻柔些。说完，她的面孔又恢复了平静，嘴唇轻轻地咬着，蓝色的眼睛定定地注视远方。

　　"我也不知道您的名字。"莫纳答道。

　　脚下的小径将他们带入空旷的野地，不远处，宾客们正围聚在一栋房子周围。

　　"那就是'弗朗兹之家'，"女孩儿说，"我得走了……"

　　她迟疑了一下，微笑着看了他一会儿，然后说："我的名字？我是伊冯娜·德·加莱小姐。"

说完，她便走开了。

"弗朗兹之家"从前无人居住。莫纳此时看到的却是成群结队的客人们，他们一哄而入，就连顶楼都被挤得满满当当。不过，他没有什么闲情逸致来考察他所在的这个地方。他们匆匆忙忙地吃了些从船上带下来的冷餐，只当作午饭——当下这个季节里这种做法实属罕见，大概又是孩子们的主意。吃罢，他们又出发了。

莫纳看到德·加莱小姐从屋子里出来了，就立马走上前去，接住了她刚才说的话。

他说："我给您起的名字更美。"

"什么？什么名字？"她始终那么端庄持重。

他怕自己又说了蠢话，所以没有回答这个问题，而是接着之前的话茬儿说道："我的名字叫奥古斯丁·莫纳，我是个学生。"

"噢！您在学习啊？"她说。

他们又聊了一会儿。这两人说话都慢悠悠的，聊起天来气氛十分融洽。接着，女孩儿的态度发生了变化，不再那么高高在上，也少了些许沉稳，却显得更加焦虑了。她似乎害怕莫纳要说的话，在那话出口之前便已经受了惊似的。她在他身边浑身颤抖，就像一只落地许久的燕子，急不可待地想要再次飞翔。

莫纳提出了诸多希望，她总是温柔地答上一句："何必呢，何必呢？"

当他终于仗着胆子，请她允诺自己，有朝一日能重返这座美丽的庄园，她也只是简单答道："我会等您的。"

眼见渡口越来越近，她忽然顿足不前，思量着说道："我们还是两个孩子，却干了件疯狂的事。这一次，我们不能再上同一艘船了。再见，请别跟着我。"

莫纳呆立在原地，眼见她就要离去。他正准备抬脚上前，女孩儿却已经走了很远，眼见着就要消失在满是宾客的人群中时，却突然停了下来，回身朝向他，第一次久久地凝望着他。这是最后一次告别吗？这是阻止他同去吗？还是她有什么话要说给他听？……

大家一回到庄园，就在农场后面的斜坡上找了一大片草场，准备开始赛马。这是此次聚会的最后一个活动项目。照原来的打算，一对新人应当能够适时赶到，届时理应由弗朗兹负责主持。

现在等不得他了。男孩儿们穿了一身骑马装，女孩儿们则是马术演员的打扮。在一片呐喊声、孩童的欢笑声、打赌声，还有悠长的钟声里，有人牵来了矫健的矮种马，马儿的脖子上系了一圈绸带，有人牵着的则是驯良的老马。人们恍惚间竟觉得，自己如同置身于某个小型赛马场，脚下踩着的是修剪齐整的绿色草坪。莫纳认出了达尼埃尔和那几个戴着羽毛帽子的小姑娘，他前一天才在林荫道上听过他们聊天。余下的情景他统统没有在意，一心只想着在人群中找到那玫瑰饰边的漂亮帽子和那件栗色大衣。德·加莱小姐并没有现身。莫纳一直在找她，直到一阵钟声响起，全场欢呼沸腾，比赛结束了。赢得胜利的是一个小姑娘。她骑着自己那匹年老的白色母马，得意扬扬地走了一圈，帽子上的羽毛随风飘动。

　　随后，一切又都归于沉寂。游戏结束了，弗朗兹还没有回来。人们犹豫了片刻，又尴尬地商量了一会儿。最后，大家三三两两地回了房间，怀着忐忑的心情，沉默地等待新人的归来。

第十六章　弗朗兹·德·加莱

赛马结束得太早，莫纳回到他的房间时才四点半，天还亮着。他满脑子想的都是这不同寻常的一天里遇到的种种事情。他坐在桌前百无聊赖，只有等着晚餐开饭和接下来要举行的聚会。

同第一天晚上一样，大风又吹了起来。那风像激流一样咆哮，如瀑布倾泻般呼啸而过，吹得连壁炉的挡板都不时晃动两下。

通常，太过美好的一天结束后，人们都会有些怅然若失。莫纳头一次尝到了这种滋味。有那么一瞬间，他甚至想去点燃炉火，可是壁炉的挡板生了锈，怎么也拉不起来。于是，他就开始收拾房间。莫纳把身上漂亮的衣裳挂在衣架上，把那些东倒西歪的椅子贴着墙边一溜儿摆好，看情形像是打算好了要在这里长住。

然而，他又想到，自己总归还是得做好随时离开的准备，便按照旅行装的叠法，将自己的外套和校服一件一件地仔细整理好，搭在一把椅子的靠背上，又将那双沾满泥土的鞋子放在椅子下面。

做完这些，他又回到桌旁坐下，环顾了一下四周，房间被他收拾得整整齐齐，也愈发安静。

朝向停放马车的院子与冷杉林的那扇玻璃窗上，时不时有一滴雨点儿滑过。自从收拾好房间以后，我们的大男孩儿心情平静了许多，甚至感到十分幸福。他，一个神秘的外来客，却能待在这里，在这个陌生的环境里，在他自己选中的房间里，他得到的已经远远超出了他的预期。现在，只需想起那个女孩儿的面容，想起她在风中转身看向他，他就心满意足了。

就在他这般遐想的时候，夜幕已经降临，他甚至没有想到要点蜡烛。一阵风吹开了后面房间的门。那间屋子与莫纳这一间正好相通，窗子也是正对着停放马车的院子。莫纳刚要过去关上，忽然看到那间房里透出一束光来，像是桌子上点亮了一支蜡烛。他把头伸到门缝处。有人进了那间屋子，八成也是从窗户进来的，正在来回走动，脚步很轻。莫纳能看出，那是个非常年轻的男人。那人光着脑袋，肩上披了一件旅行披风，一刻不停地走来走去，像是难以忍受某种痛苦，简直快要疯了。他把窗户开得大大的，风灌进来，卷起他的披风。每当他走到蜡烛附近，身上那件精致礼服的金色扣子就闪出耀眼的光芒。

他用齿缝吹着某种口哨，那是一种洋溢着大海气息的哨音，就像水手和姑娘们，为了心里快活些，在港口的小酒馆里唱的那种调调……

他焦躁不安地徘徊着，中间不时停下，趴在桌子上，在一个盒子里翻找着什么，又从里面拿出几页纸……莫纳借着微弱的烛光从侧面看到，那人长了一张清秀俊俏的脸，挺拔的鼻子，没有蓄胡子，浓密的头发梳成了侧分。口哨声已经停了下来。现在他脸色苍白，嘴唇微张，看上去奄奄一息，仿佛心头被人重重捶了一拳。

莫纳不知道自己是应该谨慎一点儿，返回自己的房间，还是应该作为朋友走上前去，把手轻轻放在他的肩头，跟他说会儿话。正犹豫间，那人已经抬起头，看到了他。他上下打量了一番莫纳，丝毫没有惊讶，只是走过来，硬撅撅地说："先生，我不认识您。但我很高兴见到您。既然您在这里，我便同您解释一下吧，瞧！……"

他看上去心烦意乱极了。他说"瞧"这个字的时候，抓住了莫纳礼服的衣襟，似乎想要吸引他的注意。可接下来，他却把头扭向了窗户，似乎需要想一想接下来该说些什么，继而又眨了眨眼睛。莫纳心下了然，这人怕是快要哭了。

他强忍着，把这孩子般的痛苦一口气咽了下去，眼睛直直地盯着窗外，再开口时，声音已经改变："好了，瞧，都结束了，聚会结束了。您可以下去告诉他们了。我是一个人回来的。

我的未婚妻不会来了。是有顾虑,是害怕,是没有信心……还是其他原因,先生,我会跟您解释的……"

他再也说不下去了,整张脸皱在一起,也没有再继续解释。他忽地转过身去,走到黑暗中,拉开满是衣服和书籍的抽屉,又立刻关上。

"我收拾一下就走,"他说,"谁也不要来打扰我。"

他把各种物件摆在桌子上:洗漱用品,一把手枪……

莫纳一个字也不敢同他说,更不敢跟他握手,便慌慌张张地离开了。

大家在楼下似乎已经察觉到了什么。几乎所有的女孩儿都换了裙子。主楼里,晚餐已经开始,每个人却都手忙脚乱的,那情形像极了远行的前一刻。

从宴会大厅到楼上的卧室再到马厩,这几个地方之间人们进进出出,来来往往。有些人已经吃完了饭,正三五成群地聚在一起相互道别。

莫纳拦住一个乡下男孩儿,问道:"发生什么了?"那男孩儿已经胡乱扒完了饭,脑袋上戴了顶毛毡帽,餐巾还挂在胸前的马甲上。

"我们要走了。"他答道,"这是一个很突然的决定。五点时,我们发现这里还是只有我们自己,只有客人而已。我们已经等到了最后一刻,新郎新娘不可能来了。有人说了句:'要不咱们走吧……'所有人就都开始准备出发了。"

　　莫纳没有接话。现在走的话，也没什么所谓。他的冒险不是已经到头了吗？所有他想要的，这一次不是已经得到了吗？他刚好还有充裕的时间在脑海中回忆了清早那场美好的谈话。就目前而言，只是离开而已。很快，他就会再回来，那时候，他将没有任何欺瞒……

　　另一个年龄与他相仿的小伙子接了一句："如果您想和我们一起走，那就快去换好衣服。我们一会儿好套车了。"

　　莫纳扔下吃了没两口的晚饭，飞也似的走了，连他碰巧得知的那些事都忘了告诉其他客人。主楼、花园，还有院子，一切都没入黑暗。这天晚上，窗边没有再挂起灯笼。可是不管怎么说，这顿晚餐是婚礼收尾的最后一餐，来的客人里边定是有酒量差的，可能是喝多了，竟唱起歌来。莫纳越走越远，那些曲子却不绝于夜，传遍了整座庄园。两天来，这地方经历了那么多美好，那么多奇迹，而现在却要开始走向混乱，走向荒芜。莫纳路过了鱼塘边，早晨的时候，他还在那儿照过自己的倒影。此时，一切似乎已经变了……那些曲子里，有这样一小段，还有人跟着合唱：

　　　　你从哪里来呀，小女孩儿？
　　　　你的帽子被扯破，
　　　　你的头发梳得真难看……

还有这一段：

> 我的鞋子是红色的……
>
> 别了，我的爱情……
>
> 我的鞋子是红色的……
>
> 别了，永不复返！

当他走到他那孤单房间的楼梯口时，有人从上面走了下来，在黑暗中撞了他一下，跟他说："别了，先生！"说完，仿佛很冷似的，裹紧了身上的披风，随即便走远消失了。这人正是弗朗兹·德·加莱。

房间里，弗朗兹先前点燃的蜡烛还在燃烧，什么都没有被挪动过。只有一张信纸被放在显眼的位置，上面写了这几行字：

> 我未婚妻不见了。她让人告诉我，她不能做我的妻子，她只是个缝衣女工，不是公主。我不知该如何是好。我走了。我已生无可恋。请伊冯娜原谅我没有向她道别，不过她什么也帮不了我……

蜡烛即将烧尽，烛火闪烁了两下，挣扎了一秒，最终熄灭了。莫纳回到自己的房间，关上了门。四周黑漆漆的，他还是能认出白天收拾好的每一样物品。就在几个小时前，他还沉浸在幸福的错觉中整理着那些东西。他一件一件地找回了自己的破旧衣服，从那双鞋子到粗制的铜扣皮带，一样也没有遗漏。他迅速地脱掉身上的衣服，再穿回那些旧衣服；将借来的衣服放在椅子上时，莫纳有些心不在焉，竟穿错了马甲……

　　窗户底下，停放马车的院子里，人们已经开始七手八脚地搬东西。拉，喊，推，个个都想把自己的车子从这团混乱中解救出来。间或还有人爬到某辆大车的座位上，或是双轮马车的篷布上，将车灯掉转一下方向。那车灯的微光映在窗子上，一时之间，莫纳房间中的一切都跳动了起来，像活了一般。于他而言，这房间是那么熟悉，每一样物品都是那么亲切……就这样，他小心翼翼地关上了房门，离开了这个神秘的地方，他也许永远见不到它们了。

第十七章　奇怪的聚会（完）

夜已深了，一行马车缓缓驶向了木栅栏。领头的是个穿山羊皮袄的男人，他手持马灯，拉着缰绳，赶的是头一匹套好车的马。

莫纳急着寻找那个愿意捎带上他的人。他这么着急走，一是因为害怕突然孤零零的一个人被留在这庄园，二也是担心自己的谎言被戳穿。

等他赶到主楼跟前，只见车夫们正商量着最后几辆车子如何平均分配乘客。已经上了车的人都被要求起身，座位被重新调整过，有的人拉得近了些，有的则拉得更远。裹着头巾的年轻姑娘们起身时有些费劲，盖毯都掉落在脚边。有几个女孩儿神色慌张，低下头扭向车灯那一侧。

在这些赶车的人里，莫纳认出了刚才提出捎他一程的年轻农夫。

"我能上车吗？"他冲着农夫大声喊道。

"你去哪儿呀，小伙子？"那人已不认得他了。

"圣－阿加特那边。"

"那得去找马利坦要个座儿啊。"

于是，莫纳就跑到尚未出发的乘客中间，打听谁是那个"马利坦"。有人给他指了指，厨房唱歌的那几个酒鬼里头就有马利坦，并且跟他说："那可是个只懂吃喝玩乐的家伙，他能在那儿待到凌晨三点。"

这一瞬间，莫纳蓦地想起那个女孩儿。那女孩儿一定也是心焦如焚、愁眉不展，或许还会听到这些醉酒的农夫在这儿唱啊唱的，直到深夜。她在哪个房间呢？这些神秘的房间里面，哪一扇窗属于她呢？然而，即使继续待下去，也毫无意义，可见是该走了。回到圣－阿加特后，一切就都清楚了。他将不再是逃跑的学生，还可以再想起这座庄园的年轻女主人。

车子就这样一辆接着一辆地走了，车轮碾过大路的沙地，发出沙沙的响声。车里载着裹得暖暖和和的女人们，孩子们也都包着头巾，睡着了。黑夜之中，这些车子拐了个弯儿，就消失不见了。接下来，又有一辆双轮大马车驶了出去。跟着过去的还有一辆观光马车，其上，女人们肩挨着肩地挤在一起。现在只剩下莫纳愣愣地站在门槛处。不过，他并没有等很久，一个穿着罩衣的农民赶着一辆破旧的柏林马车便驶近了。

听完莫纳的解释，他便说："您上来吧，我们是去这个方向。"

　　莫纳费了好大劲才打开这破车的车门，车窗玻璃随之一震，车门的合页也不住地吱呀作响。马车角落里的一条长凳上面睡着两个小孩子，一个男孩儿，一个女孩儿。莫纳弄出的动静和带进来的冷风把他们弄醒了。他们伸了伸四肢，双眼茫然地看了看，又哆哆嗦嗦地蜷缩回自己的角落，接着睡觉去了。

　　这辆老旧马车已经出发。莫纳轻轻关上车门，小心翼翼地在另一个角落里坐下。他贪婪地望向窗外，想要极力看清自己将要离开的这个地方和来时走过的路。纵然夜色已深，他还是依稀看见，马车先驶过了院子、花园，从他房间的楼梯前经过，驶出栅栏门，离开庄园，最后驶入树林。古老的冷杉只能看得出树干的轮廓，便在车窗外一棵棵飞闪而过了。

　　"或许，我们能遇见弗朗兹·德·加莱。"想到这里，莫纳心头一紧。

　　马车驶在狭窄的小路上，突然往边上闪了一下，躲开了某个障碍物。从那庞大的外形可以猜出，那是一辆大篷车，刚巧停在了路中央，大概也是为着这次聚会过来的，停在这儿能有好几天了。

　　绕过了这个障碍物，马儿又开始一路小跑。莫纳盯着窗外，渐渐乏了。周围漆黑一团，再使劲也瞅不出什么来了。这时，树林里倏地闪过一道亮光，跟着一声巨响。几匹马一下子狂奔起来，莫纳一时间不知道身穿罩衣的车夫是想拉住它们，还是这一切正合他意，好赶着它们再跑快点儿。他想拉开车门，可是把手在外面，他就试着去拉车窗玻璃，竟也没有拉动，只晃了几下……孩子们被吓醒了，紧紧地搂在一起，一句话也不敢说。他摇晃车窗时，脸贴在了玻璃上，正好在道路拐弯处瞥见一个奔跑着的白色身影。那是聚会上的大个子皮埃罗——穿着奇装异服的波西米亚人，有些慌慌张张，又有些疯疯癫癫，怀中紧紧地抱着一个人。随后，一切都消失了。

马车在夜色中疾驰，两个孩子重新睡着了。两天来遭遇的种种秘事，哪里还有人能够倾诉？所有那些看到的、听到的，被莫纳在脑海中回忆了很久很久。最后，这个满身疲惫、心事重重的年轻人终于沉入梦乡，如同伤心的孩子一般……

天还没亮，马车在大道上停了下来。有人敲了敲窗，莫纳醒了。赶车的人用力拉开车门，一股风灌入车内，冷得刺骨。那人大声说道："得在这里下车啦。天就要亮了，我们得抄近道走。您离圣-阿加特也不远了。"

莫纳弯了弯腰，正要起身。迷迷糊糊间，他胡乱地摸了摸，想找到自己的帽子。原来，那顶软帽已经不知道在什么时候滚到了两个孩子的脚底下，他们在车子最暗的角落里睡得正香。见状，莫纳便俯身下了车。

"走吧，再见了！"车夫爬回自己的座位，对他说，"您只剩六公里的路程啦。瞧见没，界碑就在那儿，路边上。"

莫纳还没从睡梦中彻底清醒，他拖着重重的脚步，弓着身子走到界碑那儿，一屁股坐了下去，抱紧双臂，耷拉着脑袋，好像又要睡着了。

"哎！别睡！"那车夫大喊，"您可不能在这儿睡，这天儿太冷啦。快点儿起来，走一走……"

我们的大男孩儿像个醉汉似的摇摇晃晃，他双手插在兜里，肩膀缩成一团，慢慢悠悠地踏上了去往圣 – 阿加特的小路。与此同时，那场神秘聚会留下的最后一抹痕迹——那辆破旧的柏林马车，离开了满是沙砾的大道，一颠一颠地跃上了近道的草地，在一片悄无声息中渐行渐远。远远望去，只剩车夫的帽子还在篱笆上面浮浮沉沉的……

第二部

第一章　大阵仗

冬天尚未结束，又是大风，又是严寒，加上雨雪天气，我们没法长时间展开搜寻，莫纳和我也没能再提起那处迷失之地。二月的白昼特别短暂，每周四①又都赶上狂风大作，下午五点左右还总会下一场沉闷的冰雨，一天的工夫就这么耗尽了，我们根本做不了什么正儿八经的事。

自打莫纳那天下午回来后，我们就没什么朋友了。除了这件怪事，再没别的什么能让我们想起他的冒险之旅。课间休息的时候，大伙儿玩的还是原来的游戏，只是亚思曼对莫纳始终不理不睬。傍晚时分，一收拾完教室，院子里就立马空了，和我从前独自一人的时候没有什么两样。我就那么看着我那伙伴

---

① 此时的法国公立学校除了周日休息外，周四也会放假一天。该项政策可以追溯到1882年，当时的法国政府开始进行教育世俗化改革，为的是能够腾出一天时间让有意向的家长带孩子去接受宗教教育。从1972年起，每周中间休息的日子改成了周二。

来回徘徊，从花园到敞棚，再从院子到餐厅。

　　每周四上午，我们俩就一人守着一间教室的办公桌，读一读卢梭和保罗－路易·库里埃①。这些书都是我们从壁橱里一堆英语入门教材和精美的乐谱摹本里面扒拉出来的。到了下午，家里总会来些访客，我们就借机溜出门，再去教室里待着；有时，大门口会传来一群高年级学生的说话声，他们仿佛只是碰巧停在了那儿，玩着一些我们不懂的战争游戏，这期间还会撞两下大门，没一会儿就走了……这种郁闷的生活一直持续到二月底。就在我开始相信莫纳已经把一切都忘了的时候，一件匪夷所思的事情发生了。我这才明白，原来我还是错了，这冬天日复一日枯燥乏味的表面之下，正酝酿着一场激烈的风暴。

　　那刚好是一个周四的晚上，临近月末。我们收到了来自那古怪庄园的第一条消息，那场我们不再谈起的冒险掀起了第一道波澜。当时，我们全家正围在一起聊天。外公外婆已经回去了，只剩下米莉和我父亲陪着我俩，浑然不知我们全班因为冷战已经分成了两派。

　　八点的时候，米莉开门去外面把吃剩的东西倒掉。只听她大叫了一声："啊！"吓得我们都赶紧跑出去看。原来，门槛上积了一层雪，天灰蒙蒙的，我抬脚往院子里走了几步，想看看那雪到底有多厚。轻盈的雪花落在我的脸上，转眼便融化了。

①　保罗－路易·库里埃（1772—1825），法国作家，擅长撰写针砭时弊的评论文章，曾尤为激烈地抨击过波旁王朝的复辟。

他们连忙把我叫了回去，米莉缩手缩脚地关上了门。

到了九点，我们准备上楼睡觉，母亲手里已经提起了灯。就在这时，院子那头的大门被重重砸了两下，我们听得一清二楚。米莉又把灯重新放在桌子上，我们全都站着不动，竖起耳朵，听着外边的动静。

出去能看清到底发生了什么吗？想都不用想，不可能。因为还没走到院子中央，灯就一定被吹灭了，玻璃灯罩也得被打碎。但一时之间，外面却没了声响。"这八成是……"我父亲正说着，餐厅窗户的正下方——我已经说过，那扇窗朝着去往车站的大道——突然传来一阵哨音。那声音又尖又长，怕是教堂那边的街上也能听到。紧接着，我们透过窗隐约看到，一些人貌似正用双手撑着窗台爬了上来。他们推着玻璃窗，发出刺耳的尖叫："带走他！带走他！"

房子的另一头回荡着同样的叫喊声。这些人应该是从马丁老爹的田里过来的，此时大概已经爬上了我家院子和那块田之间的矮墙。

紧接着，我们四周响起八到十个陌生人的声音。这些人用的是假声。"带走他"的叫声此起彼伏，不绝于耳：有的来自储藏室的屋顶，他们多半是踩着堆在墙外的干草垛爬上去的；有的来自连接敞棚和大门的那堵矮墙，那墙垛是圆弧形的，他们骑着应该很舒服；有的来自车站大道旁边的栅栏那儿，爬上去也轻而易举……最后，又来了一伙人，他们到得稍晚一些，也是叫嚣着从后边闯进了花园，不过这次喊的却是："冲啊！"

我们还听到有喊声在空荡荡的教室里回响着，想来他们已经打开了窗。

学校里的每一处拐角、每一条走廊，莫纳和我都了如指掌；现在我俩面前就像摆了一张平面图，对于这些陌生人打算发起进攻的地点，全都看得一清二楚。

老实说，刚开始我们是有些害怕的。不过，也就那么一会儿。我们四个听了那哨声后都觉得，也就是流浪汉和波西米亚人制造的一场闹剧。就在半个月前，教堂后边的广场上来了一个高个儿的恶棍和一个头上缠着绷带的大男孩儿。修车铺和铁匠铺里也新添了些工人，都不是本地人。

然而，当听清那些进攻者的呐喊声时，我们马上就明白了，要跟我们交手的是镇上的人，并且极有可能是些年轻人。我们甚至还听出一些声音特别尖锐，肯定是孩子发出的，就混在这伙把我们的房子当成战舰攻击的人里。

"啊，好吧，比方说……"我父亲惊叫道。

米莉则小声问："可这是什么意思？"

正在这时，大门和栅栏围墙附近的声音都停止了，接下来是窗户那边。窗框外边有人吹了两声口哨。爬到储藏室顶和闯入花园里的那些人听了，便逐渐叫唤得没有那么凶了，最后干脆噤了声；随后，我们又听到一阵窸窸窣窣的脚步声，后来，这帮人沿着餐厅墙脚匆匆忙忙撤退了，在大雪中不见了踪影。

　　显然，是有人惊动了他们。按说这个时间，大家都已入睡，我们这房子又是孤零零一户立在镇子边上，这群人的本意就是要神不知、鬼不觉地发起猛攻，结果现在不知是谁打乱了他们的作战计划。

　　这场进攻来得突然、组织严密，颇有些打接舷战的架势，免不得让人心有余悸。我们刚恢复镇定，正准备出去，小栅栏门外响起一个熟悉的声音："索雷尔先生！索雷尔先生！"

　　是屠夫巴斯奇先生。这矮胖子在门槛上蹭了蹭鞋子，抖了抖短大衣上落的雪，方才进了门。这个家伙仿佛撞破了一桩秘闻，说话时露出狡黠的神情，看上去又有些惊愕："我刚才在我家院子里，就是朝着四路广场那个，我正打算去关羊圈。你们知道我一下子看见了什么？两个大个子从雪里站了起来，看着像是在放哨，要么就是在盯梢。他俩面朝着十字架。我刚要往前走两步，嗖！这俩人就从你们家这边一溜烟地跑了。哈！我半点儿没犹豫，拎起手提灯，我就说，我要去告诉索雷尔先生……"

　　接下来，他那套车轱辘话开始来回地说："我当时正在我家后面的院子里……"我们随即递给他一杯酒，他接了过去，再想问他一些细节，他却又说不上来。

　　其实，他到这儿的时候，什么也没瞧见。那两个放哨的被他惊动后，立刻发出了信号，他们整伙人便全部溜掉了，至于他们是谁……

　　"可能是波西米亚人，"他说，"他们待在广场上已经快一个月了，就等着天气好了能演戏。他们也不是没干过坏事。"

　　然而，这些猜测对我们来说并没有什么用。我们依旧毫无头绪，茫然地站着。那屠夫就一口一口抿着酒，絮絮叨叨地又讲了一遍他看到的事儿。莫纳一直非常认真地听着，最后，他从地上拿起手提灯，坚定地说："我们得去看看！"

　　他打开门，索雷尔先生、巴斯奇先生和我跟在后头。

　　见袭击的人都走了，米莉方才定下心来。她属于循规蹈矩、谨小慎微的那一类人，天生就没什么好奇心。见我们都要出门，她说："你们要去就去吧。不过，要关好门，拿着钥匙。我可要睡觉了。我会给你们留灯的。"

第二章 我们中了埋伏

　　四下里一片寂静，我们踏着雪出发了。莫纳走在前面，手里提着装有格栅罩的马灯，灯前映出扇形的光影。我们刚走出大门，镇子磅房后面忽地冒出两个戴风帽的家伙，那里跟学校的风雨操场仅一墙之隔。这两人像受了惊的鹧鸪鸟，"嗖"的一下跑了。他们一边跑，一边咕哝，中间还笑了几声，不知是在嘲笑谁，又或许是在自己玩的奇怪游戏中找到了乐子，又或许是害怕被人追上，紧张得有些亢奋。

　　莫纳把马灯扔在雪里，对我喊道："跟着我，弗朗索瓦！"

　　另两位毕竟上了岁数，跑不了这么快，就被我们撇在了原地。我俩大步冲上去追，只见那两道身影走的是去往老普朗什的路，他们先绕着镇子南边兜了一会儿，才照直朝教堂方向跑去。他们跑得很稳，不是很快，我和莫纳跟在后面并不怎么吃力。教堂大街上，一切都已睡着，四下静悄悄的。他们横穿过去，从公墓后面跑进了一处密布小巷和死胡同的迷宫。

那片是短工、女裁缝和织布工的居住区，大家口中的"小角落"。我俩对那儿并不熟悉，更是从未在夜里来过。这一带在大白天就见不到什么人：短工们自然不在，织布工都关着门；在这个悄无声息的夜晚，比镇上其他地方更显荒凉沉寂。所以，也根本不用指望会有人突然出现助我们一臂之力。

像被人随意摆放的纸箱一样，这里的小房子毫无布局可言。我只认得其中一条路，沿着它，就能去到一个外号叫"哑巴"的女裁缝家：得先从一个很陡的斜坡走下去，坡上只几处铺了石板；然后绕着织布工的小院子或空马厩拐两到三次弯，就到了一条死胡同，那胡同还算宽敞，另一头被一间早已荒废的农场院子堵住了出路。每次在哑巴裁缝家的时候，她和我母亲总是用手指比画着进行无声的交流，只偶尔才能听见她咿咿呀呀地叫唤两声。而我，透过窗子就能看见农场的高墙，那是这一片的最后一栋房子。我还能看见，那院子已经荒废，一根稻草也没剩下，栅栏门始终关着，谁都不会再经过那儿。

可是，那两个陌生人走的正是这条路。每拐一个弯，我们都担心会跟丢了，不过令我惊讶的是，我们总能赶在他俩消失前拐上下一个小巷。我之所以说"令我惊讶"，是因为这些小巷都很短，除非每次我们看不见的时候，他们放慢了脚步，否则这件事实在不可思议！

最后，他俩毫不犹豫地选择了去往哑巴家的那条胡同。我对莫纳说："我们逮住他俩了，那是条死胡同！"

　　事实上，被逮住的是我们俩。他们故意把我们引到了这里。一到墙角，他俩方才回过神来，其中一人吹了声口哨——这声音我们这一晚上已经听到不下两次了，马上就有十来个孩子从那废置的农场院子里走了出来，想来是专门守在那里，等着我们上钩。他们统统戴着风帽，长围巾遮住了脸……

　　这些人是谁，我们其实早已知晓，不过我们已经打定主意不告诉索雷尔先生，毕竟我们的事情与他无关。那些人里有德卢什、德尼、纪厚达和其他几个孩子。我们在打斗中认出了这几个家伙的打架方式和他们哼哼唧唧的咕哝声。然而，有一点让我们很担心，莫纳似乎有些害怕，因为这里边有个人我们并不认识，他看起来还是带头的……

　　这个家伙并没有碰莫纳，只在一旁观察如何操练他手下的小兵。这些人使出浑身力气，在雪地里扭作一团，浑身上下弄得邋里邋遢。大个子莫纳被他们死死盯住，一通穷追猛打后，已经气喘吁吁。他们中分出两个人负责对付我，却未料到我斗得异常凶猛，花了好大一番力气才把我制服。我双膝跪地，屁股坐在脚后跟上，双手被他们反剪在背后。看着眼前这一幕，我内心充满了好奇，当然也有惧怕。

　　此时，莫纳已经解开外套的扣子，从四个高级班男孩儿手中挣脱了出来，然后猛地一转身，把这几个家伙全都推进雪地里……那位不知名的人物双腿站得笔直，饶有兴趣地关注着这场战斗。他非常冷静，不时用清晰的声音重复道："上啊……加油……回来继续……小伙子们，继续①！……"

　　显然，就是他在指挥。他从哪里来？在哪里找到了他们？又是怎么说动他们打这场仗的呢？这对我们来说仍然是个未解之谜。他和其他人一样，脸藏在长围巾里。但是，当莫纳甩掉那几个对手，气势汹汹地向他走过去的时候，他为了看清自己面对何种局势，动了动，露出了像被绑了绷带似的脑袋。

　　就在这时，我冲莫纳大喊："当心后面！还有一个！"

　　他还没来得及转过身，一个大混蛋已经从他背靠的栅栏后面蹿了出来，熟练地将自己的长围巾缠在莫纳的脖子上，把他往后绊倒了。紧接着，之前被莫纳摔得倒栽在雪地里的那四个家伙一拥而上，先是按住了他的手脚，又用绳子捆住他的双手，还拿围巾绑住了他的双腿。绷带人在莫纳的口袋里翻找着，后来的那个使套索的人已经点燃了一根小蜡烛，用手挡着风。领头的那家伙每翻到一张新的纸片，就靠过去对着烛光察验一番，看看那上面写了什么。直到翻开一张被标注得密密麻麻的地图——自从莫纳回来以后，就一直在捣鼓的玩意儿，他欢呼了起来："到手了！这就是那张图！这就是那份指南！我们来看看，这位先生是不是去过我想的那个地方……"

　　他的同伙熄灭了蜡烛。每个人各自捡起帽子或腰带，回来

---

①　此处原文用的是英语："Go on, my boys！"

时一样，悄无声息地消失了。我一恢复自由身，就赶紧冲过去给莫纳松绑。

"有了那张图，他也走不了太远。"莫纳站起来说。

我俩慢悠悠地往回走，莫纳走起路来一瘸一拐的。在教堂街上，我们遇见了索雷尔先生和巴斯奇老爹。

"你们什么也没看见？"他俩问道，"……我们也没有！"

亏得夜色浓重，他们什么也没有察觉。屠夫跟我们告了别，索雷尔先生也赶紧回去睡觉了。

倒是我们两个，在楼上的房间里，借着米莉留给我们的亮光，花了很长时间来修补脱线的外套，还小声讨论了发生在我们身上的事情，那画面，一如两个战友在吃了败仗的当晚……

第三章　波西米亚人来了学校

　　第二天，我俩自然起不来床。到了八点半，索雷尔先生让大家准备进教室，我们这才上气不接下气地站到队伍里。学生们排着长队，一个挨一个，抱着书啊，本子啊，还有笔，等着索雷尔先生检查。既然到得晚，我俩就随便找了个位置挤了进去。不过，平日里，大个子莫纳都是站在最前面的。

　　我惊讶的是，队伍中间竟有人二话不说地就腾出空儿来给了我们。索雷尔先生检查莫纳文具的时候，进教室的队伍耽搁了几秒钟，我趁机伸出头去，好奇地东张西望，想看看昨天夜里的那些敌人都是怎样的嘴脸。

　　我头一个瞧见的，竟是我耿耿于怀的那个人，也是我决计不会想到能在这儿遇见的那个人。他正站在所有人的最前面——莫纳平时的位置上，一只脚踩着石阶，一只肩膀倚着门框，压住背包的一角。他长了张清秀的脸，脸色苍白，上面还有些雀斑。这会儿那张脸正侧向我们，投来某种探询的目光，脸上还写满了鄙夷与戏谑。他整个脑袋和一边侧脸都缠上了白色的绷带。我认得他，这个人正是那伙人的头目，昨晚抢我们东西的那个年轻的波西米亚人。

我们进教室后，每人找好座位坐下。新来的学生坐在了柱子旁边，跟莫纳坐着同一条长凳，他坐左边，莫纳坐在右边第一个位置上。纪厚达、德卢什和其他三个第一条板凳上的学生紧紧地贴坐在一起，好给他倒出空儿来，就跟事先商量好了似的……

冬天，班里常有临时借读的学生。有些是小水手，因为运河上结了冰而被困在此地，也有些学徒和游客，因为下了雪而走不了。他们跟着上课的时间少则两天，多则一个月，很少有比这个时间久的。头一两节课上，他们还是大伙关注的焦点，不过很快便会变得不再引人注意，淹没于一众学生之中。

倒是新来这一位，应该没那么快被人遗忘。我至今仍记得这个怪人，他的包里装满了稀奇古怪的宝贝。听写的时候，他掏出来许多"可视图"笔杆。只要闭上一只眼睛，就能透过笔杆上的一个小孔，看到卢尔德大教堂①或一些我们不认识的建筑物。那图案虽有些模糊不清，却被放大了许多。他会自己挑

---

① 法国著名朝圣地卢尔德的一座教堂。卢尔德是位于法国西南部比利牛斯山脚下的一座小城。1858年，一位磨坊工的女儿伯尔纳德·苏比鲁声称自己在当地的马萨比耶洞穴多次见到圣母显灵。卢尔德因此名声大振，引来朝圣者无数。

上一支，剩下的便立即你传我、我传你，在全班被传来传去。过了一会儿，他又拿出一只中式文具盒，里面装着圆规和一些好玩的文具。这些东西被藏在作业本底下，由左边的长凳开始，从一人手里传到另一人手中。一切都在悄无声息中偷偷摸摸地进行，索雷尔先生什么也没发现。

被传来传去的还有些崭新的书籍。我曾在学校图书馆珍品藏书的书架上贪婪地念过这些书的名字：《乌鸫之地》《海鸥石》《我的朋友伯努瓦》……这些书都是从哪儿弄来的，谁也不知道，没准儿是偷来的。一些学生把书放在膝盖上，一只手翻着，另一只手做听写；还有一些学生在桌洞里转圆规玩；每当索雷尔先生转过身，一边从讲台走到窗口，一边继续念着听写，就会有另一些学生趁着这个机会，赶紧闭上一只眼，把另一只眼贴近笔杆上的小孔去看那斑驳的巴黎圣母院。至于新来的那个学生，他手里拿着笔，瘦削的身子倚着灰色柱子，看着这一幕幕因他而起的鬼鬼祟祟的小把戏，满意地眨了眨眼。

可全班同学都开始渐渐担心起来：那些陆续"传递"出去的东西一个接一个地到了大个子莫纳手中。他看也不看一眼，漫不经心地把它们放在自己身边，很快就堆成了一堆，那画面像极了一幅寓意画①，画里象征科学的女人脚边也是这样摆满了数学仪器和五颜六色的物件。索雷尔先生一定会发现这一堆奇

①　诞生于西欧的一种绘画体裁，以人物等形象和景物描写，象征社会中某种人、某种事或者某种社会现象的绘画。

怪的东西，也会察觉其中的猫腻。他多半还会考虑着手对昨晚的事情展开调查；现在又看到这几个波西米亚人，他调查起来可容易多了……

果然没过多久，他一脸惊讶地在大个子莫纳跟前停了下来。

"这些东西都是谁的？"他一边问，一边把食指夹在书里，合上了书，拿书背指了指"这些东西"。

"不知道。"莫纳答话时凶巴巴的，头也不抬。

新来的学生却插嘴道："是我的。"

接着，他又补上一句："不过，先生，如果您想看的话，都可以给您。"说这话时，他像个年轻的小王子，从容地行了个礼，我们那位老教师对此无话可说。

接下来几秒钟，整个班级鸦雀无声，全班人都好奇地凑到了他俩身旁，似乎是为了不扰乱刚刚形成的新局面。老师低下自己半秃半鬈的脑袋，弯腰去看那堆宝贝。面色苍白的年轻人则以一种胜利者的姿态，在必要时淡定地做点解释。这期间，大个子莫纳被彻底地冷落了。他默不作声地待在自己的长凳上，摊开草稿本，皱了皱眉头，专心地解答着一道难题……

这时，"一刻钟"课间休息的铃声突然响了。我们的听写还没做完，教室里乱糟糟的。其实确切地说，我们这些人一早上都在"休息"。

十点半一到，学生们纷纷拥进昏暗泥泞的院子里。大家很快便发现，做游戏时有了新的领导者。

从这天上午起，那个波西米亚人教给了我们各式各样的新游戏。我现在唯一还能记起来的，偏偏是最粗暴的那个。那是一种类似骑士比武的游戏，大个子学生负责当马，小一点儿的就骑在他们肩上。

大家分成两组，分别从院子两头出发，朝着对方猛扑过去，想方设法通过剧烈的撞击，把对手击倒在地。骑马的人会把长围巾当套索，也会伸出双手当长矛，竭尽全力让敌人落下马去。有的人本想躲避撞击，却不小心失去了平衡，摔倒在泥里，身上背的"骑兵"自然也摔下"马"来。有些人本来一半身子已经掉下了"马"，却被身下的"马"抓住了双腿，于是重燃斗志，再次爬回了同伴肩上，重新投入战斗。头缠绷带那人挑了手长腿长的大个子德拉日做搭档。这瘦削的骑手一边怂恿着交战的两支队伍，一边灵活地指挥着自己那红发招风耳的坐骑，大笑不止。

莫纳站在教室门槛旁，观看着这场游戏，开始时还有些不开心。我待在他身边，也不知如何是好。

"这个家伙是个滑头，"他手插在兜里，嘀咕着，"一早就来到这里，这是唯一不让人起疑的法子。索雷尔先生就这么被拿捏住了！"

他在那里站了很久，风吹着他的寸头。只听他低声咒骂那人擅于表演，所有孩子都得跟着吃苦头，可不久前他才是他们的头儿。我一直性子软弱，自然没去反驳他。

　　因为索雷尔先生不在，到处都有人在乱斗：年龄最小的那些比试着看谁能爬到对方的头上去；还有人在到处奔跑，没等对手撞过来，自己就先栽了个跟头……很快，整个院子只剩下一组仍斗得激烈，这群人一直转啊转，偶尔会突然露出一个白色绷带头。没过一会儿，整个院子里竟没一个站着的人了。

　　大个子莫纳再也忍不住了。他低下头，双手按住大腿，冲我喊了一句："咱们上，弗朗索瓦！"

　　我被这突如其来的决定吓了一跳，然后毅然决然地跳上他的后背。眨眼间，我们就加入了混战。场上的人大多落荒而逃，嘴里还叫着："莫纳来了！大个子莫纳来了！"

　　在剩下的人中间，莫纳开始原地打起转儿来，还大声告诉我："把手伸长，像我昨晚那样抓住他们！"

　　这场仗让我有些飘飘然，觉得稳操胜券，于是碰到孩子就去抓；对方只挣扎一番，在那些大个儿学生的肩上晃悠几下，就摔进泥里。一会儿工夫，整个院子里就只剩新来的那位还骑着德拉日。可惜，德拉日无意与莫纳开战，只见他腰猛地一挺，站直了身子，把白色绷带骑兵甩下了"马"。

　　这个年轻人站在地上，用手扶住"坐骑"的膀子，那架势像上尉拉住了马嚼子。他看向大个子莫纳的眼神里，带着一丝激动和无比的钦佩。

　　"好极了！"他说。

　　这时，铃声响了，围在我们周围等着看好戏的学生们一下子散了。莫纳因自己没能把敌人打倒在地而气恼不已，他转过身，恶狠狠地说："等下次再说！"

直到中午，班上的气氛都跟快要放假了似的，穿插着各种搞笑的插曲和聊天，而其中的核心人物正是那个会演戏的学生。

他解释说，他们这群人因为严寒被困在了广场附近；如果要在晚上组织表演，也一定不会有几个观众，因此商量好了让他白天来上课散散心，他的同伴则去照料岛上的飞鸟和聪明的山羊。他还讲到，他们在周边地区旅行时，有一次赶上暴雨，偏偏马车的锌皮顶棚坏了，他们不得不下车，站在两边帮忙推车……坐在最里边的学生也离开了自己的书桌，凑过来听；不爱听故事的学生本来趁着这个机会去炉旁取暖，可没多久也被勾起了好奇心，于是挪近些，竖起耳朵一起听，只是一只手还悬在炉盖上方，占着暖和的位置。

"那你们靠什么生活呢？"索雷尔先生问道。他这个小学老师也像个孩子似的好奇，一直在听故事，还问了一大堆问题。

那个男孩儿犹豫了片刻，好像从未关心过这类琐事。

"我想，"他答道，"是靠上一年秋天挣的钱吧。加纳什负责管账。"

没人问他加纳什是谁。不过，我想应该是那个大个子混蛋，就是头天夜里耍阴招儿从背后偷袭莫纳，还把他扯倒了的那个人。

第四章 事关神秘庄园的地点

　　下午的欢乐未减，课堂上一片人仰马翻。波西米亚人又带了新宝贝来：贝壳、玩具、乐谱，甚至还有一只小猴子。那猴子偷偷在他书包的内袋里挠啊挠。索雷尔先生也不时停下课来，检查一下这机灵鬼刚刚从包里掏出了什么。到了四点，整班人只有莫纳一个做完了习题。

　　所有人并不着急走。今天以前，校园生活就像日夜交替似的，简单且规律，上课与休息有着截然分明的界限；现在，这分界线却仿佛消失了。我们甚至忘记像往常那样，在差十分四点的时候向索雷尔先生报告今天是哪两个学生被选中留下来打扫教室。平日里，我们可绝对不会忘了这事，因为借着这种方法可以宣布提早放学。

　　这天刚巧轮到大个子莫纳值日。一大早，我就趁着聊天的时候提醒过那个波西米亚人：按规矩，新来的学生都会在来的当天被选作第二个值日生。

莫纳去取了点面包当零食，之后就立即回到了教室。那个波西米亚人却让我们等了好久，人都走光了才跑回来，此时夜幕已开始降临……

"你待在教室里，"我那伙伴说，"一会儿等我抓住他，你就把他从我这儿抢走的地图给拿回来。"

听后，我便在窗边找了张小桌子坐下，趁着天还没有黑透，读了一会儿书。只见，他们两个默默地搬凳子。大个子莫纳沉默寡言，神色凝重，那件黑色罩衣背后扣了三颗纽扣，拿绑带捆着腰身。另一个看上去文文弱弱、紧张兮兮，脑袋上缠着绷带，俨然一副伤员的模样；他穿了件劣质的短大衣，衣服破了好几处，白天的时候我并没有注意到。他铆足力气，又是抬桌子，又是推桌子，风风火火的架势像疯了似的，脸上却还带着笑。他好像在玩某种特别的游戏，而我们并不懂得其中的奥秘。

就这样，他们打扫到了教室最昏暗的角落，需要挪一下最后一张桌子。

在那儿，莫纳只需一个反手就能推倒对方，外面的人根本不可能透过窗户看到什么或听到什么。我不明白他为什么要白白错过这样的机会。若是那人回到门旁边，就可以借口活儿已经干完了随时溜掉，我们也就再也见不着他了。莫纳花了那么长时间寻找、拼凑、组合起来的地图也将从此不知去向。

我时刻等着莫纳给我发出开战的信号，哪怕一个动作也好，可是大个子却不采取任何行动，只是不时露出一种疑惑的神情，用奇怪的目光盯着波西米亚人的绷带。半明半暗的夜色中，那布带上似乎渗出了大块的黑斑。

最后一张桌子也收拾好了，什么都没有发生。

但就在两人一齐走到教室前面，准备最后扫一扫门槛时，莫纳低下了头，并不直视我们的敌人，小声说道："您的绷带被血染红了，还有，您的衣服破了。"

那人看了莫纳一会儿。头上出血了，衣服撕破了，这些他都不惊讶。可是有人对自己这样说，他却感动不已。

"刚才在广场上，他们想从我这儿抢走您的图。听到我说打算回来值日，他们就明白我想同您讲和，于是就造反了。"他答道。

"不过，我保住了这个。"他骄傲地补上这一句，把那皱巴巴的宝贝图纸递给了莫纳。

莫纳慢慢转过身，看向我。

"你听见了？他刚刚为咱们打了架，还受了伤，可咱俩还想着给他设埋伏！"

接下来的对话中，莫纳也不再使用"您"了，圣－阿加特的学生之间可不兴用这个称呼。

"你是真正的朋友。"说着，他朝那人伸出了手。

那人握住了莫纳的手。他虽会演戏，这会儿却整整一秒说不出话来，之后更是激动得声音哽咽……不过很快，好奇心占了上风，他反问道："所以说，你们给我设了埋伏？太有趣了！我之前就猜到了。我还跟自己说，从我这儿拿回地图后，他们肯定会吓一跳。他们会发现我补全了……"

"补全？"

"哦！你们再等等！还没全……"

他不再装腔作势，一边向我们走过来，一边郑重其事、慢条斯理地补充道："莫纳，是时候告诉您了，您到过的那个地方，我也去过。我也参加了那个奇特的聚会。高年级的男生跟我说起您的神秘冒险时，我就想到了那个古老偏僻的庄园。为了确认这一点，我就抢了您的地图。但我跟您一样，我不知道那个城堡的名字，不知道怎么回去，通往那里的路，我更是完全不认识。"

我们紧紧地拥抱住他，那么热情！那么好奇！那么真挚！莫纳迫不及待地问了他许多问题……在我们两人看来，似乎只要坚持热情似火地对待我们的新朋友，他会把先前不知道的事情也告诉我们。

"你们看看吧，你们看看吧，"男孩儿神色有些苦恼，还夹杂着些许尴尬，"我在地图上加了一些您没有的标识，我能做的就这么多了。"

看着我们眼中满满的钦佩和仰慕，他忙补充道："哦！我更想警告你们，我跟其他男孩儿不一样。三个月前，我想朝自己脑袋开一枪。你们看，这就是为什么我额头上缠着绷带，像不像一八七〇年塞纳河卫军^①？"说这话时，他虽伤心，却很自豪。

"今天傍晚你打架的时候，伤口又裂开了。"莫纳友好地说。

他却毫不在意，继续用略带夸张的语气说道："我想死来着。不过既然没死成，我就继续活着吧，像孩子那样，像个波西米亚人，只为了玩乐而活。我放弃了一切。我再也没有父亲，没有姐妹，没有家，没有爱……什么都没有，只有玩伴。"

"可那些玩伴已经背叛你了。"我说。

"没错。"他激动地说，"都是那个什么德卢什的错。他猜到我会跟你们讲和，就瓦解我那些部下的士气。原先他们用着多顺手！昨晚你们也看见了，那场接舷战组织得多好！干得多漂亮！从小到大，我就没有指挥得这么成功过……"

他沉思了片刻，为了打消我们的疑虑，又追加一句："我之所以今晚来找你们俩，那是因为我今天上午才意识到，跟你们在一起，比跟其他所有人在一起都更有意思。尤其那个德卢什，我可真讨厌他。才十七岁就装大人，他是怎么想的啊？没什么比这更让我恶心的了……你们觉得咱们能再逮住他吗？"

"当然能，"莫纳说，"不过您会和我们在一起待很久吗？"

"我不知道，但我挺想的。我是那么孤独，只有加纳

---

① 这里指的是普法战争中由民兵自发组成的保卫巴黎的重要力量。这些人于次年组织成立了巴黎公社。

什……"

说完，他所有的狂热、所有的快活，荡然不见。有那么一瞬间，他又陷入了绝望之中。大约之前的某一天，让他生出自杀念头的，也是这种绝望吧。

"做我的朋友吧，"他突然说，"你们看，我知道你们的秘密，为了保护这秘密，我跟所有人都翻了脸。你们迷了路，我能帮你们重新回去……

"做我的朋友吧！就算有朝一日，我再像从前那次似的，离地狱仅有一步之遥……向我发誓吧，当我喊你们的时候，你们保证一定会做出回应（说着，他发出一种奇怪的叫声：嗷——呜！）。莫纳，您先发誓吧！"

我们就这样发了誓。对我们这样的孩子来说，凡是异常正式、异常庄重的东西都极具吸引力。

"作为回报，"他说，"现在，我把能说出来的都告诉你们：每到复活节和圣灵降临节，城堡里的那女孩儿就会去往巴黎。此外，整个六月还有个别冬天，她也会在那里住上一段时间。我会告诉你们那房子的地址。"

这时，一个陌生的声音在大门外喊了好几声。我们猜是那个叫加纳什的波西米亚人，他不敢也不知如何穿过院子。"嗷——呜！嗷——呜！"那声音听上去十分焦急，时高时低。

年轻的波西米亚人打了个寒战，整了整衣服就要走，莫纳喊了一句："说啊！快说！"

男孩儿麻利地说了巴黎的一个地址。我们小声地重复了一遍。紧接着，他就跑进了黑暗的夜里，到栅栏门边找同伴去了。我们则留在原地，心中一团乱麻，那滋味说也说不清。

第五章　穿布鞋的男人

这天夜里，凌晨三点左右，住在镇子中心的旅店老板娘寡妇德卢什从床上爬起来点亮了灯。住在她家的小叔子杜马要在四点钟出门赶路，因此这个苦命的女人只得早起去黑乎乎的厨房备上咖啡。她的右手从前被烧伤过，所以总也伸不直。天很冷，她在背心外面披了条披肩，一只手拿着点亮的蜡烛，另一只废了的手提着围裙，为火苗挡风。她穿过堆满空酒瓶和肥皂箱的院子，打开柴房的门，想着取点木柴。那柴房里面养了些鸡，她才刚推开门，一个人从暗处蹿了出来，使劲在半空中挥舞着帽子，挥得空气都跟着呼呼作响，蜡烛也熄灭了。他推倒这位妇人后，拔腿就逃。鸡群受了惊，一时间，"喔喔喔""咯咯咯"的叫声连绵不绝。

过了好一会儿德卢什才回过神来，发现这人拿袋子装走了一打她养得最好的小鸡崽。

　　听到德卢什的尖叫后，杜马赶紧从屋子里跑了出来。他发现，那坏蛋进来时应该是拿一把偷制的钥匙打开了小院的门，逃走的时候也没再给关上，走的还是原来的路线。杜马很会对付这些偷猎者和盗贼，赶紧点亮马车上的手提灯，一只手拎着，另一只手给步枪上了膛，沿着小偷留下的足迹，奋力追去。那人估计是穿了双布鞋，留下的足迹很浅。杜马就这样一直跟到去往车站的大道，最后在一片草地的栅栏前彻底跟丢了，只得停止了搜寻。他抬起头，止住了脚步。此时，在这条大道上，远远地传来马车疾驰的声音，越跑越远……

　　寡妇的儿子亚思曼·德卢什也醒了。他匆忙披了件斗篷帽，趿着拖鞋就去镇子上巡视了一番。一切都还睡着，一切都沉浸在黎明前的黑暗与静寂之中。转悠到四路广场附近的时候，他跟他的叔叔一样，也听到远处利奥德山那边传来马车的声音，那拉车的马大概飞奔得四只蹄子都离地了。德卢什向来点子多，又喜欢硬充好汉，就跟自己说："这帮人一定朝车站去了，但保不齐我能在镇子另一头逮住'别的什么人'！"这话，他后来跟我们反复说了好几遍，那小舌颤音发得像蒙吕松①城郊的口音，难听得要命。

――――――――――――

① 蒙吕松是位于法国中央高地的一个城市。这里提到的小舌颤音的问题，指的是辅音字母 r 发得不够清晰，尤其和字母 c、g 连在一起读的时候，听起来像嘴里含着什么东西咕咕哝哝。

他这样想着想着，就掉转方向朝教堂走去。夜，依然静悄悄的。

广场上，波西米亚人的大篷车里还亮着灯，好像是谁病了。他刚想走过去打听个究竟，谁知一道身影从"小角落"那边悄悄飘来，来人脚上穿着一双布鞋，什么也没看到，径直飞快地跑向马车，踩上马凳……

亚思曼已经认出加纳什的走路姿势，便快步走到亮处，低声问道："怎么，出了什么事？"

那人神色慌张，蓬头垢面，牙还掉了两颗。他收住脚，瞥了亚思曼一眼，难掩神色中的害怕与气闷，后又苦笑了一声，上气不接下气地答道："我朋友生病了……他昨天傍晚打了一架，伤口又裂开了……我刚刚去找了修女嬷嬷。"

亚思曼·德卢什觉得事有蹊跷。不过，当他准备回去睡觉时，还真在他家附近碰到了一个行色匆匆的修女。

第二天一早，好些圣-阿加特的居民走出家门时，都因为一夜未眠而神色憔悴。几乎每户人家房中都传来骂骂咧咧的声音，整个镇子像撒了一串火药。

凌晨两点左右，纪厚达家的人听到有辆小车停了下来，有人匆忙地往车上装了些包裹，可那些包裹落在车上的声音却软绵绵的。他家里只有两个女人，动也不敢动。等到天亮，她俩打开饲养棚的门，才明白所谓的包裹其实是些兔子和别的家禽。米莉在第一节课间休息的时候，在水房门口发现好几根点了一半的火柴。大家对此得出的结论是，这些家伙弄错了我们住的地方，没能进门。佩尔勒家、卜亚东家和克莱蒙家一开始都以为被偷的是家里的猪，结果上午才发现，自家的猪跑到别处花园里拱生菜去了。这群畜生倒会掌握时机，趁着门户大开，在夜色中散了一回步。几乎每家都有家禽被偷，不过被偷的也就只有这个了。面包店老板娘毕纽太太没养什么东西，一整天都嚷嚷着自己丢了一根捣衣杵和一磅靛蓝，可这事儿一直没有得到证实，因此也就没有被记录在案。

整整一个上午都是这般乌烟瘴气，镇子里人人战战兢兢，到处风言风语。亚思曼也在班上讲了他夜里的奇遇。"啊！他们真狡猾，"他说，"不过，这要是让我叔叔撞见了，他说了，'我会像打兔子一样把他崩了！'"

他看着我们，又缀上一句："好在我叔叔没遇着加纳什，不然他也会开枪的。我叔叔可说他们都是一路货色，德塞涅也这么说。"

这个时候，还没人想过要去追究我们的新朋友。只是，到了第二天晚上，亚思曼才跟他叔叔说起加纳什和小偷一样也穿着布鞋。他俩一致认为，得把这事儿报告给宪兵，得着空儿就去城里一趟。

接下来的几天，那个年轻的波西米亚人因伤口开裂，再没露过面。

每天晚上，我们都去教堂广场上晃悠，只为了看一看马车红色帘子后面的那盏灯有没有亮起。我们既着急，又上火，却只能待在那里，不敢靠得太近。这个简陋的篷车，在我们看来，犹如一条神秘的通道，通往那个令我们迷失之地的候见室。

第六章　幕后的争吵

　　这些日子以来，我们遇到了那么多糟心事儿、麻烦事儿，谁也没有注意到，三月已经来临，风儿也和煦了。那桩怪事发生后的第三天，我一早走进院子，突然发现春天翩然而至。醉人的微风如潮水般从墙垛上缓缓流过，无声的雨在夜里打湿了芍药叶子，翻过土的花园散发出一种厚重的气息。我还听到，窗子旁边的树上，一只鸟儿正在啁啾学唱……

　　第一节课间的时候，莫纳说他现在就想走一走那个波西米亚学生标明的路线，我好说歹说才劝住了他。我让他等到我们的朋友回来，等到天气真正好起来……等到圣－阿加特的李树开了花。我们靠着小巷的矮墙，双手插进口袋，头上什么也没戴，聊了很久。春风拂过，时而冷得让人直打哆嗦，时而又送来阵阵暖意，唤醒了我们身上不知何时深种的热情。啊！兄弟，伙伴，携手同行之人！我们两个都深信，幸福近在咫尺，只消上路，便可抵达！

十二点半吃午饭时，我们听到四路广场那边传来一阵鼓声。只是眨眼工夫，我们就跑到了小栅栏门口，餐巾还拿在手里——原来是加纳什。他正宣布着一件大事："鉴于天气不错，晚上八点，教堂广场将有一场精彩的表演"；"以防万一下雨"，还将搭起帐篷。接下来，他念了一串长长的节目单。风儿带走了一些声音，我们只隐约听到"哑剧……歌曲……马术特技表演……"每念完一个节目，就响起新一轮的鼓声。

晚饭时，预告开场的大鼓在我们窗子底下雷鸣般地响了起来，震得玻璃直颤。没一会儿，住在镇郊的人开始三三两两地经过，他们叽叽喳喳聊着天，朝教堂广场走去。我和莫纳却不得不待在餐桌前，急得直跺脚！

九点左右，我们终于听到小栅栏门那边传来窸窸窣窣的脚步声和浅浅的笑声——是小学女教师们来找我们了。我们这群人在一片漆黑中朝着剧团表演的场地进发，隔老远就看到教堂的墙壁好像被漫天大火照得大亮，临时搭起的木棚跟前，两盏油灯随风摇曳……

木棚里面，座位摆放得跟在马戏团里似的。索雷尔先生、女教师们、莫纳和我挑了最低处的长凳坐了下来。我环视一圈，发现这地方不大，真的很像马戏团。人影一层层地叠在一起，里面有面包店老板娘毕纽太太、杂货商费尔南德、镇上的卖花女孩儿、铁匠，有不少太太、小孩儿、农民，还有些其他人。

　　演出已过大半。台上表演的是一只聪明的小山羊，它正乖乖地拿蹄子踩着四只玻璃杯，接着只踩两只，最后只踩一只。发号施令的正是加纳什。他拿了根棍子，一下接一下轻轻地敲着，一边敲还一边看向我们，嘴巴张着，目光呆滞，神情莫名忧郁。

　　舞台和大篷车相连的地方也挂了两盏油灯。有人正坐在油灯旁的一张凳子上，黑色薄衫，额头缠着绷带。我们终于认出，那是我们的朋友，也是今晚的马戏演员。

　　我们刚坐下，一匹配着全副鞍辔的小马驹蹦蹦跳跳地上了场。受伤的年轻人指挥那马儿转了好多圈。每当要让它指出在场的人谁最可爱或最勇敢时，那马儿就停在我们其中一个人的面前，而轮到要找出谁最爱说谎、最抠门或者"最多情"时，它就停在毕纽太太跟前。紧接着，她周围便爆发出一阵又一阵的嘲笑、尖叫和嘎嘎的大笑，我们就像掉进了被小猎犬追赶的一群大鹅中！

　　幕间休息的时候，我们的马戏演员过来跟索雷尔先生聊了一会儿。对于索雷尔先生来说，怕是跟塔尔玛和莱奥塔①说话，也不会如此时这般骄傲。我们对他说的每一件事都表现出了浓厚的兴趣：他的伤口——已经再次愈合；这场表演——在漫长

①　弗朗索瓦－约瑟夫·塔尔玛（1763—1826），法国著名悲剧演员，对19世纪法国戏剧的发展起到过重要作用。于勒·莱奥塔（1838—1870），法国杂技表演艺术家，发明了空中飞人表演。

的冬天里已经筹备了很久；何时出发——月底前不会走，因为他们计划好了，在那之前能演出更多花样的新节目。

今晚的演出将以一出大型哑剧收尾。

幕间休息快结束时，我们的朋友和我们告了别。为了回到入口处的大篷车那儿，他不得不从挤上舞台的那一大群人中间穿过去。此时，我们赫然发现，这群人中有亚思曼·德卢什。成年女子和未婚姑娘们都纷纷闪开让出了道。我们的朋友那一身黑色礼服，那受伤的模样，看上去既独特又英勇，把她们全都迷住了。至于亚思曼，貌似他刚出门回来不久，正跟毕纽太太小声地、热烈地交谈。很明显，细腰带、低领子、大象裤对她更有吸引力。他把大拇指插在外套的衣襟里，摆出一副自命不凡的架势，看上去十分尴尬。波西米亚人路过他身边时，他气鼓鼓地挪了挪地儿，大声跟毕纽太太说了什么。虽然我没有听清，但那肯定是句骂人的话，是向我们的朋友发起挑衅的话。那话里大概满是威胁，年轻的波西米亚人完全没料到，因此忍不住转过身去，瞪了对方一眼。为了不失面子，亚思曼冷笑一声，拿手肘顶了顶左右的人，似乎想让他们站在自己这边……这一切都发生在几秒钟之内，我可能是长凳上唯一注意到这一切的人。

我们的马戏演员回到了自己的伙伴身边，就待在大篷车入口的帘布后面。

大家各自回到了看台的座位。我们都以为演出的下半场即将开始，全场鸦雀无声。谁知就在聊天的声音逐渐弱下去的时候，帘布后面却爆发了一阵激烈的争吵声。我们听不清楚他们究竟在吵什么，但能听出那两个声音分别是谁。一个是大人，另一个是年轻人。头一个说话的在解释，在辩白；另一个则在责备，语气既愤怒又难过。"倒霉蛋！"后一个声音说，"为什么不早跟我说……"

　　大家都支着耳朵，不过，谁也没听到下文。转瞬间，所有人都闭上了嘴巴，吵架声却仍在低声继续。直到坐在看台高处的孩子们开始跺起脚，大喊："点灯！开幕！"

第七章　波西米亚人解开了绷带

　　终于，两块幕帘中间慢慢露出一张布满皱纹的脸。这张脸上，开心时也好，伤心时也罢，一双眼睛总睁得大大的，脸上还粘了些封信口用的小面团！那是个丑角，他穿着摞着补丁的长外套；缩着肚子，如同得了肠绞痛一般；踮着脚走路，像是由于过度的谨慎和过分的担忧；双手拢在长长的袖子里，那袖筒长得拖了地。

　　这出哑剧演了什么，我现在已经说不完整了，只记得这个丑角一上台，就拼命想要站稳脚跟，结果却白费力气，还是摔倒了。他想重新站起来，可惜也是白搭，一副身子完全不受控制的样子，一直在摔跤。他不停地摔啊摔，一下子撞倒了四把椅子，他倒下去的时候，还跟着带倒了一张被人提前摆在台上的大桌子。最后，他四脚朝天地摔到了舞台栏杆外面，甚至压到了观众的脚。观众中好不容易招呼出来两个帮手，他们拽起他的脚，费了九牛二虎之力才扶着他站了起来。他每摔一次，就发出一声短促的尖叫，每次的叫法还不一样，带了点半是求救、半是赔礼的意味，听了真让人受不了。结束时，他爬到了一摞堆得跟脚手架似的椅子上，张开双臂，缓缓地跳了下去。整个跳落过程中，他像猫头鹰一样发出凄厉的尖叫，女士们纷纷惊呼起来。

这出哑剧为何会发展到第二部分，我已记不得，眼前却还能浮现这样的画面："爱摔跤的可怜的小丑"从一只袖筒里拿出一个塞满麸皮的洋娃娃，和她一起演了整整一幕悲喜剧。临了，他让洋娃娃从口中吐出了肚子里的所有麸皮，然后一边可怜地小声叫着，一边给洋娃娃肚子灌粥。这时，所有观众都张大了嘴，紧紧盯着那个肚皮撑破了的、黏糊糊的洋娃娃。就在这众目睽睽之下，这个丑角一把抓住她的一只胳膊，使劲地扔了出去。她从许多观众头顶飞过，直接击中了亚思曼·德卢什的脸，弄湿了他的耳朵，接着又擦过毕纽太太的下巴，撞到她的胸前。面包店老板娘尖叫一声，直直往后倒去，邻座的人也跟着她往后倒，长条凳就这样折断了。毕纽太太、费尔南德、可怜的寡妇德卢什还有其他二十来个人全都摔了个四仰八叉。周围有人笑，有人叫，甚至还有人鼓起掌来。此时，那摔了个狗啃泥的大个子小丑已经重新站起来。他躬身敬了个礼，说道："女士们，先生们，我们很荣幸地向你们表示感谢！"

大个子莫纳自打哑剧开始上演就一直沉默不语，他似乎看得每一分钟都比上一分钟更加投入。就在这时，在巨大的喧闹声中，他忽地站了起来。他拉住我的胳膊，仿佛无法自已，大声对我说："看看那个波西米亚人！看呀！我终于认出他了。"

我甚至还没有瞧上一眼，便已经猜到是怎么一回事。那么久以来，这念头已经在我心里不知不觉埋下了种子，只待时机一到便破土而出！大篷车入口处的油灯旁边，站着那个年轻人。他已经解开了绷带，肩上披了件披风。此时烟雾缭绕的光芒，一如之前庄园房间的烛光，照亮了一张清秀俊俏的脸，长着挺拔的鹰钩鼻，没有蓄胡子。他面色苍白，嘴唇微张，正草草翻阅着一本红色小册子，应该是一本袖珍地图册。他太阳穴上横着一道伤疤，被浓密的头发挡住了才看不见。除了这一点，这人与莫纳跟我仔细描述过的并无二致，他就是那个陌生庄园的新郎。

显然，他拿掉绷带就是为了让我俩认出来。不过，莫纳刚发出叫喊，那年轻人就钻进了大篷车。他进去前，给我俩递了一个会心的眼色，并朝我俩微微一笑。这微笑和平时一样，带着隐隐的悲伤。

"另外那个人！"莫纳激动地说，"我怎么就没有马上认出来呢？他是那个聚会上的皮埃罗啊……"

说完，他就走下看台，想朝对方走去。可是加纳什已经切断了与舞台相连的所有通道，还把四盏油灯一一熄灭了。因此，我俩只得跟着人流走。人们在黑暗中沿着一排排长凳缓慢地移动，急得我俩直跺脚。

终于到了外边，大个子莫纳立刻冲向大篷车。他踩上马凳，敲了敲门。然而，所有的门窗都已关闭。挂着帘子的车厢也好，关着聪明的小马驹、山羊和小鸟的车厢也好，估计里面不论是谁，现在都已经进入了梦乡。

第八章　宪兵！

　　我们得赶上先生们和太太们的队伍，他们正沿着昏暗的街道，朝着学校往回走。这一次，我们什么都明白了。那一晚，莫纳看到林子里一闪而过的白色高大身影，正是加纳什。他收留了心灰意冷的新郎，带着他一起远走他乡。这位新郎接受了这种充满危机、挑战与冒险的原始生活，对他来说，仿佛重新开始了童年生活……

　　弗朗兹·德·加莱始终对我们隐姓埋名，还装作不知如何去那个庄园，估计是害怕被人逼着回家吧。可是，为何今晚他却突然愿意被我们认出来，并由着我们猜出全部真相呢？

　　当这样一群观众缓缓穿过镇子的时候，莫纳心里可没少做打算。他决定趁着第二天是周四，一大早就去找弗朗兹。然后，他俩要一起出发去那里！行走在湿漉漉的路上，该有多棒！弗朗兹会说出一切，一切都将被安排得妥妥当当。那场奇遇将得以继续……

　　而我呢，我行走在黑暗中，一种说不清、道不明的东西在心中不断膨胀。从等待周四到来的小小快乐，到我们刚刚的巨大发现，再到落在我们头上的难得机会，凡此种种，聚在一块儿，在我心中生出了喜悦。我还记得，我当时突然慷慨起来，走到公证人最丑的女儿身边，甚至主动伸出了手。要知道，平日里得有人逼我，我才会这样做，那可真是一种折磨！

　　回忆，总是那么苦涩！虚妄的希望，总会被碾碎！

　　第二天，一到八点，我俩就一起出发去了教堂广场。我们穿了打蜡的皮鞋，扎了锃亮的皮带，戴了顶新帽子。莫纳一路上看向我的时候，都在刻意压制嘴角的笑意。可到了那儿，广场上空空如也，他大叫一声，冲了过去——原来木屋和大篷车的位置，只剩下一只破罐子和一堆碎布片，波西米亚人已经走了……

　　风轻轻地吹着，我们这会儿竟觉得冰冷。在我看来，似乎我们每走一步，都会在广场那硬邦邦的石子地上绊一下，摔一跤。莫纳疯了似的冲出去两次，一次是朝老南赛的方向，一次是朝圣卢德布瓦大道的方向。他还把手遮在眼睛上方远眺了一会儿，一度奢望着我们要找的人只是才走罢了。可我们又能做什么呢？广场上，十来辆马车的痕迹混在一起，到了大道的硬路面上，连这点儿痕迹也消失了。我们只能待在这里，什么也做不了。

在我们穿过村子往回走的时候，村中美好的周四生活才刚刚开始。四名宪兵前一晚收到了德卢什的报信，骑马飞驰到了广场上，而后又在街道上分散开来，像负责侦察某个村子的龙骑兵一样，守住了所有出口……但已经太迟。偷鸡贼加纳什早已带上他的同伴逃之夭夭。宪兵们谁也找不到，不管是加纳什，还是那些帮忙把家禽装上车的人。谁承想，亚思曼不经意的一句话给弗朗兹及时提了个醒儿，他瞬间明白，当大篷车的钱箱子空了的时候，自己和同伴究竟靠什么才能过活。他恼羞成怒，马上就定了一条路线，决意在宪兵赶来之前远走高飞。他已然不再害怕会有人试图带他回到父亲的庄园，因此才想着在消失前给我们看一看他不缠绷带的模样。

唯有一点，我们始终搞不清楚：加纳什如何能够一边把鸡棚洗劫一空，一边去找修女给他那发烧的朋友治病呢？这不正是一整出可怜魔鬼的戏码吗？一面是小偷，是流浪汉；另一面是好心人……

第九章　寻找消失的小路

　　我们回去时，太阳驱散了清晨的薄雾。主妇们在家门口抖着毯子，聊着天。阳光照进田野、树林、镇子的边缘，新的一天开始了，那是我记忆中最春光明媚的一个早晨。

　　这周四，高级班的所有学生都得在八点左右到校，因为这天上午，有些人要准备毕业考试，另一些则要准备师范学校的入学选拔考试。我们俩赶回去的时候，莫纳心中既懊悔又激动，根本平静不下来，而我呢，则是一副萎靡不振的样子。可到了学校，却发现里面空无一人……一缕阳光洒在破旧长凳的灰尘上，照在了地球仪斑驳的清漆上。

　　我们如何能够待在这里呢？只捧一本书，反复咀嚼内心的失望？外面的世界在召唤我们！鸟儿在窗边枝头上相互追逐，其他学生也已经逃往草地和树林；最重要的是，波西米亚人核实过的那张不完整的路线图也在召唤我们，那是我们几乎空无一物的书包里剩下的最后一样宝贝，是试遍所有钥匙后剩下的最后一把。我们心急如焚，跃跃欲试……我们，身不由己！莫纳踱着步，一会儿走到窗边，看看花园，一会儿回过身来，望向镇子，仿佛在等一个绝不会来的人。

"我在想，"他终于说话了，"我在想，那里可能没有我们以为的那样遥远……弗朗兹涂掉了我在地图上标注的好长一段路。这或许意味着，在我睡着的时候，那匹母马白白兜了个大圈子……"

我半坐在一张大桌子的角上，一只脚着地，另一只悬空，看起来垂头丧气，百无聊赖。

"可是，"我说，"回程的时候你坐的是柏林马车，也花了一整夜啊。"

"我们出发时就是半夜，"他赶紧争辩道，"我被放下的时候是凌晨四点，在圣－阿加特西边，大约六公里远，而我一开始是从东边去往车站大道方向的。所以，在圣－阿加特和迷失之地之间，至少得算上六公里的路程。说真的，我觉得，出了咱们镇的林子，离咱们找的那个地方，应该不出八公里。"

"但你图上缺的恰恰就是那八公里。"

"没错。林子出口距离这儿只有六公里，脚程快的人一上午就走到了……"

这时，穆什伯夫来了。他这人有个讨厌的习惯，就是总把自己当好学生，不过，他不是靠着比别人更努力，而是通过在某些场合炫耀自己，就好比眼下的情形。

"我就知道，"他得意扬扬地说，"在这儿能碰上的只有你们俩。其他人都去林子里头了。领头的是亚思曼·德卢什，他知道哪儿有鸟窝。"

接着，他又装起了好人，讲起了他们在决定这次远足时，说了哪些不把学校放在眼里的话，又是如何嘲讽索雷尔先生和我俩的。

"如果他们在林子里的话，我路过时就能看见他们，"莫纳说，"因为我也要走了，十二点半左右能回来。"

穆什伯夫听后愣在原地。

"你不来吗？"莫纳问我。他走到门口时停了一秒，门也只开了一半。一股被太阳晒得暖洋洋的空气随之涌入了灰蒙蒙的房间，呼喊声和鸟鸣交织在一起也跟着飘了进来，还有水桶碰着井沿的撞击声，从远处传来的马鞭声。

"不了，"尽管心中十分想去，我还是说，"我不能去，还有索雷尔先生哪。不过你要抓紧啊，别让我等着急了。"

听完，他做了个模棱两可的手势，满脸期待地飞快走了。

索雷尔先生是快十点时到的。他已经脱掉了黑色羊驼毛外套，换了件带纽扣大口袋的渔夫服，戴着顶草帽，还用漆皮的短绑腿收紧了裤脚。我敢肯定，对于教室里没人这事儿，他一点儿也不惊讶。穆什伯夫跟他重复了三遍男孩子们讲的话："他（索雷尔先生）要是需要我们的话，就让他来找我们吧！"奈何索雷尔先生也不爱听，反而说道："收拾好你们的东西，戴上帽子，轮到咱们去把他们找出来啦……弗朗索瓦，你能坚持走到那边吗？"

我确认没问题，于是，我们就出发了。

我们说好，穆什伯夫负责领着索雷尔先生，由他当媒鸟。这意思是，既然穆什伯夫知道掏鸟窝那些人在哪片林子里，就得时不时大声喊上两句："嗨！喂！纪厚达！德卢什！你们在哪儿？……有没有哇？……你们找到了吗？……"

至于我，我的任务是去林子东边巡逻，以防这帮逃课的学生从那边溜走。这差事让我非常高兴。

那张波西米亚人修改过的地图，我和莫纳已经研究了无数遍，上面好像有一条小路被标了一条线。那是条小土路，正是以林子这边为起点，通往庄园的方向。要是我今早就发现了这条路该有多好！我开始相信，中午前我们一行人就能找到去往迷失庄园的路了……

散步是多么美妙！一过斜坡，绕过磨坊，我就离开了我的两个同伴：一个是索雷尔先生，人们看见他这副模样，恐怕都会以为他要去打仗，而我相信，他也确实在口袋里装了一把旧枪；另一个是那个叛徒穆什伯夫。

我抄了近道，很快就到了林子边上。这是我有生以来第一次，像一个与上级失去联系的巡逻兵一样，独自一人穿行于田间。

　　我想，莫纳曾经感受到的那种神秘的幸福，就近在咫尺吧。整个上午，他在外探险，我也游走在树林的边缘——这一带最清凉、最隐蔽的地方。这里好像曾经是片河床。我从低矮的树枝下经过，这些树不知叫什么名字，也许是桤木吧。方才走到小径尽头时，我跳过了一丛篱笆，之后便踏上了这条在茂密树木间蜿蜒的青草路，脚下有时会踩着荨麻，有时又得跨过高高的缬草。

　　偶尔，有几步踩在一片细沙上。寂静中，我突然听到了一只鸟儿在歌唱——我以为那是只夜莺，但有可能是我弄错了，可夜莺只在夜里歌唱。它反复吟唱着同一句歌词：上午的鸟鸣，树荫下的呢喃，一切都是畅游桤木林的邀约。这鸟儿藏着不见人，歌声却片刻不停，仿佛是在树叶间陪着我。

　　我终于也踏上了冒险的旅程，这是我平生第一次冒险。这一次，不是按着索雷尔先生的指导去捡那些被潮水抛弃的贝壳，也不是去采摘老师都不认得的红门兰，更不是像我们经常做的那样去寻找深邃枯竭的泉眼。马丁老爹的田里就有口泉眼被铁丝网罩住了，上面疯长了许多野草，每次都得耗上我们好些时间才能重新找到它……这一次，我找的东西要神秘得多。那是书中提到的尘封已久的古道，它让王子精疲力竭，也无法寻得入口。它的现身要等到你上午最迷茫的时候，当时间已经过去很久，当你早已忘记究竟是快要十一点，还是十二点……当你伸出双手，轻一下重一下地推开面前浓密的枝叶，突然间，你就看见了它。那仿佛是一条长长的、幽暗的林荫路，出口处只露出一小点圆圆的亮光。

我就这样正满怀期待地沉醉其中，却猛然间闯入了一块林中空地，那里刚好够当一片草场。原来不知不觉中，我已经来到了镇子最边上；从前，我一直以为那儿远着呢。我右手边的树荫里传出隆隆的响声，那是守林人的房子，四周堆满木桩，窗台上晾着两双长袜。这么多年来，每当我们走到林子入口的时候，总会望着黑洞洞望不到头的小路，指着最远处一处光点说："那就是守林人的房子，巴拉蒂耶的家。"只不过，从小到大我们从来没有走到那儿过。我们有时还会听人说起，自己一直走到了守林人的房子那儿呢……仿佛那是场了不起的远征。

这一次，我走到了守林人的房子这儿，却一无所获。

我那条腿已经累得开始有些吃不消，天气又热。我正发愁还得自个儿往回走，索雷尔先生的媒鸟——穆什伯夫突然在附近叫了起来，接着又听见别人也在喊我的名字……

来的这群人里有六个大孩子，只有叛徒穆什伯夫脸上挂着胜利的表情，这里面还有纪厚达、欧柏瑞、德拉日……多亏有媒鸟在，发现他们的时候，有的已经跑到一块空地中间爬上了唯一一棵野樱桃树，还有的正在掏绿啄木鸟的窝。纪厚达，那个肿眼泡的蠢货，身上那件罩衣又脏又臭，居然把雏鸟揣在怀里，贴身藏在了衬衫里面。他们中有两个听见索雷尔先生来了，便趁早溜了，八成是德卢什和小高凡。他们一开始还和穆什伯

夫开玩笑，喊他"穆什瓦什①"，引得林间传来阵阵回响。穆什
伯夫脑子不太灵光，还以为自己稳操胜算，气呼呼地回击："你
们下来呀！知道吗？索雷尔先生在这儿……"

　　所有人听罢立即噤了声，顺着林子悄悄逃走了。这些人十
分熟悉这里，我们三个甭想还能撵上他们，也一直也没听见莫
纳的声音，最后只好放弃寻找。

　　我们朝着圣－阿加特往回走时，已经过了十二点，一个个
满身是泥，走得慢腾腾的，耷拉着脑袋，一副无精打采的样子。
出了林子，我们在硬路面上处理着鞋上粘的泥，又是蹭，又是
甩。此时的太阳愈发灼热，春日里清新明媚的早晨已经过去，
接踵而至的是午后的嘈杂。道路附近有些农场，看不见什么人
影，每走上一段距离，就只听见一只公鸡在啼叫，叫得是那么
凄凉！从斜坡上下来后，我们看到田里有些吃完午饭继续干活
儿的工人，便停下来和他们聊了会儿天。他们靠在篱笆上，听
索雷尔先生跟他们抱怨："这帮出了名的捣蛋鬼！瞧瞧这个纪
厚达，他居然把小鸟都塞在了衬衫里。小鸟们倒好了，现在是
想干什么，就干什么……"

　　我觉着这群工人好像也在笑话我吃了败仗。他们一边笑，
一边点头，却并不指责他们熟识的这些年轻人。索雷尔先生重

----

① "穆什伯夫"法语写作 Moucheboeuf，其中 mouche（穆什）意思是苍蝇，
　boeuf（伯夫）意思是公牛。这里其他人取笑他，将他名字中的"伯夫"
　替换成了 vache（瓦什），这个词的意思是母牛。

新回到队伍里头的时候，他们甚至还跟我们透露："刚还过去了一个人，大个儿，你们都知道……他回来的路上大概遇到了格朗热家的马车，人家捎了他一程。他就在这儿，在格朗热家门前路边下的车！那满身的土啊！衣服都撕破了！我们还告诉他，我们今天早上看见你们打这儿经过，不过那时候你们还没回来。他就慢慢悠悠地继续往圣－阿加特方向走啦。"

果然，大个子莫纳就坐在斜坡的一个桥墩上等我们，看样子也已精疲力竭。索雷尔先生问他的时候，他回答说自己也去找这帮逃课的学生了。但等到我小声问他时，却见他只是摇了摇头，气馁地说："没有！什么都没有！没有一处像那儿！"

午饭后，外面的世界阳光灿烂，他却把自己关在黑乎乎、空荡荡的教室里，坐在一张大大的桌子前，把头埋进双臂，难过地睡着了。这一觉他睡得很沉，睡了很久。黄昏时，他思考了好一阵子，好像做了一个重要的决定，提笔给他母亲写了封信。这失败的一天就这样惨淡地收了场，我能记得的就这些了。

第十章　洗衣

我们以为春天老早已然到来。

周一傍晚，我们想学盛夏时节的样子，四点钟一放学就做作业。趁着天光，我们搬了两张大课桌去了院子里。结果，天很快就暗了下来，一滴雨点砸在本子上，我们又赶忙回了教室。昏暗的大教室里，我们透过大大的窗户，静静看着灰色的天空中云朵们四散而逃。

莫纳和我们一样看着，一只手放在窗户的把手上。他仿佛因心中遗憾太多而有些不快，忍不住脱口而出："唉！我驾着丽星的马车赶路时，云彩可不是这样飘动的。"

"哪条路啊？"亚思曼问道。

莫纳没有理会他。

"我啊，"为了分散他的注意力，我开了口，"我倒是很喜欢像这样驾车出游，外面大雨滂沱，我却能躲进那么大一把雨伞里。"

"一路上还可以像在家里一样看书。"另一人补充道。

"那天没下雨，我也没兴趣看书，"莫纳说，"我只想看看那里。"

这次轮到纪厚达问他是哪里了，莫纳又变成了哑巴。亚思曼就说："我知道……又是那著名的奇遇！……"

他说这话时，口吻里带了些和解的意味，语气又很慎重，就好像他本人多少也参与了这桩秘事。可还是白费力气，他的主动示好换来的依旧是莫纳的不理不睬。眼见着天黑下来，我们每个人都把外衣拉到头上，顶着冰冷的大雨，飞奔着走了。

直到下一个周四，雨还在下。比起上周四，这周四过得更凄惨。整个乡下都浸泡在一种冰冷的雾气之中，快赶上冬日里天气最坏的日子了。

米莉上了前一周艳阳高照的当，让人把衣服都洗了。空气那么潮湿，天又那么冷，想要晾衣服的话，花园的篱笆是没法用了，顶楼的绳子更是派不上用场。

她跟索雷尔先生商量了一下，想到一个主意：既然是周四，为什么不把这些衣服在教室里摊开，还可以把炉火烧得旺旺的。为了节省厨房和餐厅的炭火，我们还可以用教室的炉子做饭。就这样，我们打算在高级班的大教室里过上一整天。

一开始，我还把这新鲜事当成过节一样——我那时还是太年轻！

多么乏味的节日！炉子的热气全被湿衣服夺走了，屋子里冷得要命。院子里，绵绵的冬雨细细密密，有气无力。我就是在那里找到了大个子莫纳。他从早上九点开始就一副意兴阑珊的模样。我们俩默默地把脑袋贴在大门的铁栏杆上，从缝里向外眺望。一支送葬的队伍从田野深处一直走到镇子北边的四路广场。棺材是用一辆牛车拉来的，已经搬了下来，被放在大十字架脚下的一块石板上。不久前正是在那儿，屠夫看到了给波西米亚人放哨的两个人。那个运筹帷幄的年轻头目，他现在在哪里呢？……神父和唱诗班的人循例走到棺材前，悲戚的歌声一直飘到我们耳边。我们心里明白，这将是我们这一天里能够看到的唯一一出戏。这出戏将上演整整一天，一如排水沟里发黄的污水也会流淌一整天。

"现在，"莫纳突然说，"我要去收拾行李了。听着，索雷尔，我上周四写了封信给我母亲，让她帮我安排去巴黎完成学业。今天我就要走了。"

说罢，他的目光依旧望向镇子，双手把着与头顶齐平的栏杆。莫纳的母亲是个有钱人，他想做什么，她都依着他。这一次，她也同意了，问都不用问。他为什么突然间决定去巴黎呢？这个也不用问！……

他心中肯定也有遗憾，也害怕离开亲爱的圣－阿加特，离开这个他开启冒险征程的地方。至于我，刚听到这消息时，我还没有任何感觉，现在却有一股强烈的悲伤涌上心头。

他叹了一口气，向我解释道："复活节就快到了！"

"你到那边一找到她，就给我写信，行吗？"我问。

"当然了，我保证。你不是我的伙伴、我的兄弟吗？"

他说着话，把手搭在我的肩膀上。

我逐渐明白，既然他想去巴黎完成学业，一切便都结束了，我身旁永远也不会再有我的大个子朋友了。

若要再重聚，唯有寄希望于巴黎的那所房子，或许在那里能找到和那场迷途之旅有关的线索……只是，莫纳自己都那么难过，这样的希望于我而言又是多么渺茫！

我的父母已经得知了消息。索雷尔先生非常惊讶，但很快就接受了奥古斯丁的理由。米莉终归是个主妇，她唯一感到遗憾的是，莫纳的母亲要来了，而现在家里根本不像平时那样整齐洁净……行李箱很快就装好了——我们在楼梯底下翻出他周日穿的皮鞋，到衣柜里取了几件内衣，还有他的证件啊、课本啊，一个十八岁的年轻人在这世上拥有的也就这些了。

中午，莫纳太太坐车来了。她领着奥古斯丁在达尼埃尔咖啡馆吃了午餐，等到马儿喂好草料，车子也套好，没有过多地寒暄，很快就带他走了。我们站在门槛旁同他们道了别。马车在四路广场拐了个弯，便消失了。

米莉在门前蹭了蹭鞋子，回到冷冰冰的餐厅收拾残局。我呢，这么多月以来，再一次独自一人面对周四漫长的夜晚。我有种感觉，我的少年时代也随着那辆老马车，一去不返了。

第十一章　我叛变了……

怎么办？

天气好像回暖了，太阳好像要出来了。

大房子里，一扇门砰的一声被关上，继而又陷入了沉寂。我的父亲不时穿过院子，提来满满一桶煤添进炉子里。看到绳子上挂着的白色床单、衣服，想到那个已经沦落为晾衣间的伤心之地，我一点儿回去的欲望也没有，更不想一个人面对着年末的考试。今后唯一值得我关注的大概就只有师范学校的这次入学考试了。

奇怪的是，我的无聊惆怅之中还掺杂着某种自由的感觉。莫纳走了，这场奇遇结束了也好，错过了也罢，至少对我来说是种解脱，我再也不用操心那些奇奇怪怪、神神秘秘的事情，再也不用表现得那么另类。莫纳走了，我不再是他冒险旅程的伙伴，不再是他寻踪狩猎的兄弟，我又变回了镇上的孩子，和其他孩子没什么两样。做到这一点很容易，我只需循着自己的天性就行。

卢瓦家的小儿子这会儿跑到了满是泥泞的街上。他在一根绳子头上绑了三颗板栗，扯着另一头抡了好几下，接着往空中一甩，那板栗连同绳子就一起掉进了我们的院子里。我正闲得慌，就把他的栗子扔回了墙的另一边，如此来回了两三遭，竟也是乐此不疲。

突然，我见他扔下了这孩子气的游戏，朝一辆从老普朗什那边过来的两轮马车跑了过去。他三两下就从后面爬了上去，车子连停都没停。我认出来了，那是德卢什的小车和他的马。驾车的是亚思曼，胖子卜亚东站着。他们是从草场回来的。

"跟我们一起吧，弗朗索瓦！"亚思曼叫道。他应该已经知道莫纳走了。

是的！我没跟任何人打招呼，就爬上了那辆摇摇晃晃的马车，和其他两人一样站在上面，倚着车上的一块挡板。就这样，车子拉着我们驶向了寡妇德卢什家……

这位老太太既经营旅店，还卖杂货。我们现在就待在她铺子后面的房间里。一道白晃晃的阳光透过低矮的窗子照射在一堆白铁皮盒子和醋桶上。胖子卜亚东面朝我们坐在窗台上，吃着牛利饼干①，像面人儿一样咧着嘴笑。他旁边有只桶，伸手就

---

① 法文原意为"汤匙饼干"，因为是直接用汤匙来成型，故有此名。

能够得着，上面放的饼干盒子已经划开了口。小卢瓦开心得连声尖叫。我们之间建立起了一种朴素的亲密关系，亚思曼和卜亚东今后将成为我的伙伴。是的，我已经预感了这一点。我的生活轨迹一下子改变了方向。莫纳仿佛已经走了很久很久，他的那桩奇遇是一段伤心往事，结局已定。

　　小卢瓦从一块木板下面翻出一瓶已经开了瓶的利口酒。德卢什让我们每人都尝一点儿。只不过，由于杯子只有一只，我们喝的时候便都用同一只。似乎是因为我还不习惯猎人和农民的这一套，多少有些迁就我的意思，于是他们让我先来上一口，这让我感到些许不自在。刚好他们谈到了莫纳，为了消除这种不自在，恢复曾经的自信，我就想，既然自己对莫纳的事情全都了如指掌，不如显摆一下，讲一些给他们听？再说，莫纳的冒险至此都已结束，我讲出来也不会对他造成什么伤害吧？……

　　是我的故事讲得不够好听吗？总之，我想要的效果并没有达到。

　　我这几个同伴是典型的乡下人，天底下就没什么能让他们大吃一惊，更不用说区区这么点小事儿了。

　　"就是个婚礼而已！"卜亚东说。

　　德卢什在普雷沃朗日①见过一次别人结婚，那次可要稀奇

① 法国一个市镇，位于卢瓦尔河中部地区的谢尔省。

得多。

城堡吗？去镇上打听打听，肯定能找到听说过这地儿的人。

那位年轻姑娘？等莫纳上了一年班就能娶她了。

他们其中一人还说："他应该讲给我们听，该给我们看看他的地图，而不是把这些秘密告诉一个波西米亚人！……"

我还在为自己失败的讲演耿耿于怀，便想就着这个话茬儿激起他们的好奇心。我决定解释一下这个波西米亚人是谁，他从哪里来，他那离奇的际遇……卜亚东和德卢什却一点儿也不爱听："就是他干了那些坏事！就是他让莫纳变得不好相处！莫纳本来是个多好的伙计啊！就是他把我们像学生军一样召集在一起，组织了那愚蠢的接舷战和夜袭……"

"你知道的，"亚思曼看着卜亚东，微微摇着头，说道，"幸亏我机灵，还跟宪兵告发了他。这人在咱们这儿干了多少坏事！说不定还会干别的！……"

我几乎就要站到他们那一边去了。我和莫纳要是不把事情看得那么神秘，那么悲观，一切大概会朝另一个方向发展。这都是受了那个弗朗兹的影响！他自己是什么都没了……

就在我胡思乱想之际，铺子里头传来一阵声响。亚思曼·德卢什赶紧把他的小酒杯藏在了一只木桶后面。胖子卜亚东从窗台上跳下来，一不留神踩到一只满是灰尘的空瓶子，瓶子骨碌了两下，他也差点摔了个仰八叉。小卢瓦推着他俩急匆匆往外走，笑得差点儿喘不上气来。

　　我不清楚究竟发生了什么，只管跟着他们逃跑。我们穿过院子，顺着梯子爬上一个干草棚，只听见一个女人跟在我们身后在大骂"小混蛋！"……

　　"我没想到她会回来这么早。"亚思曼小声地嘟囔。

　　我这才明白，原来我们在那里偷吃了饼干，偷喝了酒，干的全是非法的勾当。我心中的失望，简直就像一个海上的遇难之人，本以为自己是跟一个人在聊天，结果却愕然发现对方是只猴子。我一心只想离开这个干草棚，这样的玩闹太叫人恼火，况且天也黑了……他们让我从后面走，穿过两座花园，绕过一片水塘，我终于回到了潮湿泥泞的街上，路面上映着达尼埃尔咖啡馆的微光。

　　这样的夜晚于我而言并不光彩。我眼下正在四路广场上。刹那间，我仿佛无意中看到，在拐弯处，一张兄长般坚毅的面孔在冲我微笑；最后一次挥手示意后，那马车就消失了……

　　一阵寒风吹过，掀起了我的外套。这个冬天有过如许悲伤，亦曾那么美好，这风却始终如是。一切都变得不那么亲切。大教室里，大家在等我吃晚饭，却忽地起了穿堂风，瞬间驱散了炉火带来的温暖。我瑟瑟发抖，听凭他们骂我整个下午游手好闲。我想要回到过去正常的生活，可我甚至连坐回餐桌老位置的安慰也得不到。这天晚上，他们没有摆桌子，每个人在黑乎乎的教室里随便找了个地方蹲着吃了饭。我默默地啃着炉子上的烤饼，这大约是周四在学校里待了一天的奖励吧，只是饼的四周被一圈通红的炉火烤焦了。

晚上，我独自一人睡在卧室里。我那凄凉的内心深处，一股悔意在慢慢滋生，为了不让这悔恨蔓延，我早早地就睡下了。然而，这一夜，我醒了两次。头一次，我仿佛听见了隔壁床的嘎吱声，那是莫纳，他总习惯猛的一下翻个身；另一次是他轻轻的脚步声，和猎人一样警觉，从顶楼最里面的房间传来……

第十二章　莫纳的三封信

我这一生只收到过莫纳三封信，它们如今还躺在我家衣柜的抽屉里。每次重读这些信，我体味到的都是和从前一样的愁绪。

第一封信是在他走后的第三天收到的。

亲爱的弗朗索瓦：

今天，我一到巴黎就去了那栋房子。我什么也没有看见。那里没有人，以后也不会有人。

弗朗兹说的这个房子是一座二层的小公馆。德·加莱小姐的房间应该在二楼。楼上的窗户被树叶遮住了。不过，从河畔经过的时候，还是能看得十分清楚。窗帘全都拉上了。我一定是疯了，才会盼着有一天，这些窗帘能够拉开，露出伊冯娜·德·加莱的脸庞。

　　这房子在一条大马路上……天上落了点雨，落在抽出绿芽的树上。你能听到有轨电车清脆的铃声，一趟又一趟永无休止地驶过。

　　我在那些窗子下徘徊了有两个小时。附近有个卖酒的小贩，我停下来要了杯酒，免得别人把我当成意图不轨的坏蛋。之后，我又继续毫无希望地守候。

　　夜已深，四周的窗子几乎全都亮了，唯独不包括这栋房子。那里边肯定是没人，可复活节都快到了。

　　我正打算走，来了一个年轻姑娘，也许是个年轻妇人，我也说不好。她坐在一张被雨水打湿的长凳上。她穿着一身黑，只有一圈小领子是白色的。我离开的时候，她还在那里。夜色寒凉，她始终一动不动，不知在等什么东西，还是什么人。你瞧，巴黎有的是和我一样的疯子。

奥古斯丁

　　时光飞逝。复活节后的那个周一，我白等了一天，没等到奥古斯丁的只言片语，后面的日子也是同样。和复活节的狂热兴奋相比，那段时间我过得异常平静，似乎只剩下夏天还有点盼头。六月带来了考试的日子，还有热得要命的天气。整个乡下都被闷热的水汽所笼罩，一丝风也透不进来。夜晚也没有丝毫凉意，这份煎熬得不到片刻喘息的机会。正是在这让人难以忍受的六月，我收到了大个子莫纳的第二封信。

我亲爱的朋友：

这一次，所有希望都已破灭。我从昨晚开始就知道了。从那一刻起，痛苦一点一点吞噬了我，我一开始竟还分毫未觉。

我每晚都去那条长凳上坐着，一边守候，一边思考，心中不管不顾，始终抱有期望。

昨天晚饭后，夜色深沉，闷得令人透不过气来。河边小路上、大树底下都有人在聊天。黑压压的树叶顶上，三层、四层的公寓相继亮了灯，树叶映着光，透出绿意来。夏天来了，到处都有窗户敞得大大的……你能看见桌子上亮着盏灯，这灯火被六月的热气团团围住，并没有驱散多少黑暗；你甚至能看见房间深处……啊！要是伊冯娜·德·加莱那扇漆黑的窗子里也能亮起来，我相信，我肯定敢爬上楼梯，敲敲门，走进去……

我跟你提到过的那个女孩儿也在那里，也和我一样在等待。我想，她或许认得这房子，就问了问她。

"我知道，"她说，"以前有个年轻姑娘和她哥哥会来这所房子度假。但是我听说，那个哥哥逃离了他父母的城堡，再也没人见过他。那姑娘也嫁人了。所以这里才总锁着门。"

我离开了。我刚走出十步，就在人行道上绊了一下，差点儿摔了一跤。夜里，其实是昨天夜里，等到院子里的小孩子和女人们都不再聒噪，我终于可以睡下了。这时，街上开始有一辆接一辆的四轮马车滚滚驶过。它们每隔一段时间才过去一辆，每当一辆马车驶过后，我就不由自主地等起下一辆，等着听马车铃声，还有柏油路上的马蹄声……我听到它们反复念叨：这是座空城，你的爱情丢了，黑夜永无止境，夏天，狂热……

索雷尔，我的朋友啊，我陷入绝境了。

奥古斯丁

一八九×年六月

这信里看似无话不谈，实则并没有多少东西！莫纳既没有告诉我为何那么久音讯全无，也没说出他现在作何打算。我有种感觉，他要与我断了联系，他那段冒险已然收场，终是要和过去一刀两断。我给他写信也是白搭。果不其然，我再没收到过回信。我拿到初级教师资格证的时候，他也只有一句简单的道贺。九月，我从一个同学那里得知，他回了安吉永堡的母亲处过暑假。而我这一年收到弗洛伦廷叔叔的邀请，假期去了老南赛。后来，莫纳又回了巴黎，我便没能见着他。

等到开学，确切地说，是十一月末，我开始闷头准备高级教师资格证的考试。这样的话，即使不去布尔日师范学校读书，也能在下一年获得小学教师的任命。这时，我收到了莫纳写给我的最后一封信。

他写道：

我还去到那扇窗下。我还在等，没有丝毫的希望，疯了一样。秋风萧瑟的周日傍晚，天快黑的时候，要是不去一趟那条结冰的街，我总是无法下定决心回到家里，无法安心关上我房间的百叶窗。

我现在就像圣-阿加特的那个疯女人。她啊，每过一分钟就跑到门口，一只手遮在眼睛上方，朝车站那边望，想看看她那死了的儿子是不是回来了。

我坐在长凳上，瑟瑟发抖，可怜分分。我却总喜欢想象着，有人来轻轻拉住我的手……我回过身，那是她。"我有些耽搁了"，她只说了这么一句。一切痛苦，一切疯狂，瞬间烟消云散。我们回了自己的家。她的皮毛大衣冻得硬邦邦的，短面纱也湿了，身上还裹着从外面带进来的一股雾气。当她靠近炉火，我看到她金色的头发上结了一层白霜，娇弱的身躯俯向火苗……

唉！窗玻璃还是白色的，那是后面帘子的颜色。就算此刻那庄园里的年轻姑娘打开窗户，我现在也没什么好跟她说的了。

我们的冒险结束了。今年的冬天有如坟墓一般阴沉。或许，只有我们死去的时候，谜底才能揭晓。或许，只有死亡才会告诉我们，这场失败的冒险后续怎样，结局如何。

索雷尔，从前我总是想你不要忘记我这个朋友。现在，恰好相反，你最好是忘了我。最好把一切都忘了吧。

A. M.

又是一个冬天。人生中充满了奥秘，上一个冬天有多生机勃勃，这个冬天就有多死气沉沉：教堂广场上没了波西米亚人，学校院子里四点钟一到，孩子们就跑光了……教室里只有我独自一人在学习，提不起任何兴致……二月里，下了这个冬天的第一场雪。这场雪埋葬了所有的线索，抹去了最后的痕迹，把我们去年的那些冒险传奇永远地藏了起来。我像莫纳信中要求的那样，努力忘了一切。

第三部

第一章　游泳

　　抽烟，抹点糖水把头发弄卷，当街亲吻补习班的女孩儿，为了戏弄路过的修女嬷嬷，躲在篱笆后面大喊"抓住那个戴修女帽的！"我们当地那些捣蛋鬼就爱干这些找乐儿。等到二十岁的时候，这帮捣蛋鬼倒是能够改过自新，有时甚至变得极富同情心。不过，要是这人明明长着一张老脸，脸色也没了光泽，成天却只顾着关心镇上女人的八卦，还净说些关于吉尔伯特·波克兰的蠢话，只为了把别人逗乐，那情况就要严重些。但还没到无可救药的地步……

　　亚思曼·德卢什就属于这号人物。他还继续在高级班上课，我也不明白他究竟图什么，但肯定不是为了通过考试。所有人都觉得他还是放弃算了。上课之余，他还跟他的叔叔杜马学习粉刷。没过多久，这个亚思曼·德卢什、卜亚东，还有另一个文质彬彬的男生——助教老师德尼的儿子，就成了高级班里我仍愿意打交道的学生，因为他们同属于"莫纳时代"。

事实上，德卢什打心底非常真诚地希望同我交朋友。说实话，作为大个子莫纳的敌人，他其实也很想成为学校里的"大个子莫纳"。至少，没能当成莫纳的副手，对他来说也是一种遗憾吧。他并不是卜亚东那样迟钝的人，所以我想，他应该感觉到了，莫纳曾给我们的生活带来了怎样与众不同的东西。我时常听他念叨"大个子莫纳说得好……"或者"啊！大个子莫纳说过……"

除了比我们更成熟之外，亚思曼这家伙还拥有些好玩的宝贝，显得更高出我们一等：一条白色长毛的杂种狗——这狗一听到"贝加利"这个难听的名字就会汪汪叫个不停，还能把我们扔到远处的石头捡回来，但对于其他运动就没什么天分了；一辆二手的老式自行车——有时，傍晚放学后，亚思曼会让我们骑一骑，不过他更愿意让附近的女孩儿们练练手；最后，也是最重要的，他还有一头瞎眼白驴，套任何车都行。

那其实是杜马的驴子。我们夏天去谢尔河游泳的时候，他会借给亚思曼；每每这时，亚思曼的母亲都会给他一瓶柠檬水。我们就把这瓶柠檬水放在座位下面，塞进一堆晒干了的泳裤中间。我们八到十个高级班的学生便一起出发，由索雷尔先生陪着，有的步行，有的坐驴车；要是赶上去往谢尔河的小路上积水过多的时候，我们就把驴车寄放在大丰农场。

有一次，我们也是这样溜达着去谢尔河，亚思曼的驴子驮着我们的泳裤、行李、柠檬水，还有索雷尔先生，我们步行跟在后头。我确实得好好回忆一下，哪怕最细枝末节的地方都得回忆起来。当时是八月，我们刚考完试。没了这件烦心事，整个夏天仿佛都是我们的，所有的幸福也都属于我们。那是个美丽的周四午后，我们唱着歌走在大道上，不知道唱了些什么，也不知道为什么要唱。

在去的路上，这幅天真烂漫的画面里只有一处阴影。我们瞧见了前面走着的吉尔伯特·波克兰。她身材极匀称，穿着半身裙和高跟鞋。这女孩儿正成长为一个大姑娘，尚不知何为羞涩，举手投足间透着温婉柔美。她离开了大道，绕到一条小径上，估计是去拿牛奶。小高凡立即提议让亚思曼跟上她。

"这可不是我头一次去亲她……"亚思曼说。

他就这样讲起自己的青春秘事。我们听了，一个个全都想逞能，整支队伍便都踏上了小径，独留索雷尔先生一人驾着驴车继续在大道上赶路。只是一上小径，我们一群人就稀稀拉拉地散开了。德卢什自己似乎并不乐意当着大家的面去征服那个快步疾行的女孩儿，始终和她保持着超过五十米的距离，并不靠上前去。不知谁学了几声公鸡啼、母鸡叫，还吹了几下口哨调戏那个女孩儿。后来，我们觉着不是很自在，便不再跟着了，折回原路。大道上，烈日当头，我们不得不跑起来赶路，也就没空再唱歌了。

我们在谢尔河河畔干枯的柳树林里脱了衣服，换上泳衣。

柳树遮住了别人的视线，却挡不住太阳。我们双脚踩在沙子和干涸的淤泥上，满心都是大丰泉水里冰着的、寡妇德卢什的那瓶柠檬水。大丰的这口泉眼就挖在谢尔河河畔，水池底总摇曳着青绿色水草、两三只类似鼠妇的小虫子。泉水那么清澈，那么透明，渔民们见了，二话不说就跪在地上，双手往两边一撑，直接趴下喝水。

是啊！这一天同往常一样——我们穿好衣服，盘着腿，围成一圈坐下，取来两只大大的无脚杯，分享起那瓶冰镇柠檬水来。我们请索雷尔先生也喝了一口。大家谁也没喝够，都只分到一点点气泡刺激着喉咙，反倒觉得愈发口渴了。于是，我们轮番跑去先前还嫌弃不已的泉水边上，把脸慢慢贴近清澈的水面。但并非所有人都能适应田间劳作之人的这种习惯。很多人，比如我，就无论怎样也解不了渴。有的人是因为不喜欢这泉水的味道；有的人是因为害怕不小心吞到鼠妇，喉咙直发紧；还有的人是见泉水静止不动又清澈见底，上了当，算错了水面的高度，把大半张脸连同嘴巴都埋进水里，又拿鼻子吸气，当即被呛得难受；最后，还有些人则是出于上述所有原因……不过，这些都不重要！对我们来说，在这荒芜的谢尔河河畔，世间所有的清凉仿佛都被锁在这眼泉水之中了。哪怕直到现在，不管走到哪儿，只要一提起"泉水"二字，我脑中萦绕的都是那时的画面。

黄昏时分，我们往回走，一开始还和来时一样无忧无虑。

大丰那条通往大道的路在冬天其实是一条小溪，到了夏天就成
了一条难以跨越的河谷。大树的枝丫缠起庞大的树篱，河水在
阴影里蜿蜒，不时会被窟窿和巨大的树根挡住去路。同去游泳
的一行人里，有人为了挑战、好玩选了这条路。但是我、索雷
尔先生、亚思曼还有好几个同学走的则是旁边一条与之平行的
沙土小路，没什么坡度。我们能听到其他几人有说有笑的声
音，那声音就在我们旁边，在我们下面，在看不见的暗影里。
这时，德卢什就开始讲起他作为男子汉的那些事迹……夜间出
没的虫子在大大的树篱顶上吱吱叫着，借着月光的清辉，我们
能看到它们正沿着树叶边缘蠕动。有时，甚至会突然掉下来一
只，发出一声刺耳的鸣叫。多么美丽、宁静的盛夏之夜！乡间
远足归来，每人心中无欲无求……无意中打破这份静谧的，又
是亚思曼。

那时，我们已经走到坡顶，瞥见两块古老的巨石，听人
说，这里是某座城堡留下的遗迹。亚思曼讲起了他参观过的庄
园，还特意提起老南赛附近一座近乎遗弃的庄园——萨波隆尼
埃庄园。

他操着阿列省的口音，会刻意把某些词念得特别圆润，
又把别的词的音故意缩短。他提到，那座古老庄园里有座破
败的小教堂，自己几年前曾在那里见过一块墓石，上面刻着这
些字：

伽罗瓦骑士长眠于此

忠于他的上帝、他的国王和他的美人。

"呃！好吧！"索雷尔先生听后，微微耸了耸肩。这般聊天的语气让他感到有些别扭，尽管如此，他还是依然愿意给我们像大人一样说话的机会。

亚思曼继续描述着那座城堡，好像他在那儿生活过似的。

他和他叔叔杜马有好几次从老南赛回来的时候，都能越过冷杉树林望见那座灰色的塔楼。他俩好奇极了。那儿的树林中间有一整片迷宫似的破旧建筑，主人不在的时候外人也可以参观。一天，他们的车上捎了一个当地的守林人，那人领着他们去了那座古怪的庄园。后来，庄园里的一切都被拆毁了。据说，除了农场和一栋用作休闲的小楼，几乎什么也没剩下。住在里面的人倒是始终没变：一位濒临破产的退休老军官和他的女儿。

他讲啊讲，讲啊讲，我认真地听着，总觉着这里面有些自己非常熟悉的东西。突然，亚思曼转向我，碰了碰我的胳膊，一个从未有过的念头击中了他。世间非同寻常之事发生时无不稀松平常，这一次亦是如此。

"啊，我想到了，"他说，"那大概就是莫纳去过的地方，你懂的，大个子莫纳！"

见我不回答，他又补上一句："对了，我记得守林人说过，那家有个儿子是个怪人，有些千奇百怪的想法……"

　　我不再听他说了什么。从一开始，我就已经相信他猜中了。就在刚才，在我面前，在远离莫纳，远离所有希望的地方，通往无名庄园的道路打开了。这条路清晰、好走，有如一条我熟悉的路。

第二章　在弗洛伦廷家

我还是个孩子的时候，曾经那么不幸福，爱做梦，也不开朗。可当我觉察到，这场重大的冒险结局取决于我时，便瞬间变得果断、坚定。用我们当地的话来说，我"心意已决"。

我相信，正是从这一晚开始，我的膝盖彻底不痛了。

在老南赛，也就是萨波隆尼埃庄园所属的镇子，住着索雷尔先生的家族，我的叔叔弗洛伦廷也住在那儿。他是个商人，我们有时会在九月末去他家小住几日。现在没了考试的束缚，我不愿再等，在得到准许后，便即刻动身前往叔叔家。但我想好了，只要好消息一天没得到确认，我就什么也不告诉莫纳：先把他从绝望中拉出来，再让他陷入更深的绝望，这又有什么好处呢？

在很长一段时间里，老南赛都是我在这世上最喜欢的地方，在那里，我能享受到假期的尾巴。其实，我们很难才能去一次那里，只在有车可租的时候才会请人家拉我们去一趟。从前，我们家曾和那边的一房亲戚起过些争执，这也是为什么米莉每次都得被我们再三央求着才肯上车。倒是我，我才不关心他们究竟和不和睦呢！一到那里，我就和叔叔、堂兄弟姐妹们混在一起嬉戏玩耍。那儿有成百上千件好玩儿的事情等着我，我也总是乐在其中。我们会在弗洛伦廷叔叔和朱莉婶婶家下车。他们家有个男孩儿与我年纪相仿，也就是我堂兄费尔曼。还有八个女孩儿，其中最大的两个名叫玛丽 – 露易丝和夏洛特，分别是十七岁和十五岁。他们在镇子入口处的一个教堂前开了家很大的百货商店。索洛涅这一带十分偏僻，距离火车站有三十公里远。所以，当地的城堡主和猎人们全都去他家买东西。

他家的杂货柜台和鲁昂花布 ① 柜台旁开了好几扇窗，全都朝着大道的方向，店里的玻璃大门则冲着教堂的大广场。整间店铺都是夯土地面，没铺地板。虽然在这个穷地方，这倒也算司空见惯，却总让人觉得有些奇怪。

店铺后面有六间房，每间房里都塞满了同样的货品：帽子间、园艺间、灯饰间……还有什么来着？反正孩提时代的我就在那堆迷宫一样的货物中间跑来跑去。那些稀罕古怪的各色玩意儿，我仿佛怎么看也看不够。那个时候，我甚至觉得，只有在那里才能过上真正的假期。

---

① 一种染色棉布，主要在法国鲁昂生产，以粉色、紫色和红色等颜色为主。

　　白天，我们这一大家子人都待在一间宽敞的厨房里，从厨房门口出去就是商店。九月末，壁炉里柴火烧得正旺，厨房里亮堂堂的。一大早已经有些猎人和偷猎者跑来向弗洛伦廷出售野味，他们还会顺道进来要点喝的。女孩儿们已经起床了，她们又是跑，又是叫，还互相给对方顺滑的头发上抹点"闻着香"。厨房的墙上挂着些旧照片。那张发黄的集体照里有我父亲，我们花了很长时间才把他认出来：他穿着校服，站在一群师范学校的同学中间。

　　我们整个上午都是在厨房度过的，再不然就去院子里待上一会儿。院子里有弗洛伦廷种的大丽花，还有他养的珍珠鸡。人们坐在肥皂箱子上焙炒咖啡，我们就把其他箱子拆开，那里面有各式各样包装精美的东西，我们时常叫不上名字……一整个白天，店铺里都挤满了人，有农民，也有从附近城堡过来的马车夫。九月的薄雾中，几辆来自偏远乡村的板车停在铺子的玻璃门前滴答着水。我们在厨房里听着农妇们聊天，她们讲的每一件事都叫人十分好奇……

　　等到晚上，八点后，大人们拎着提灯去马厩给冒着热气的马儿送干草，整间店铺就都是我们的了！

　　玛丽－露易丝在我那群堂姐妹中最大，个子却小。她已经把店里那一大堆床单叠好并收了起来，招呼我们过去陪她解闷。于是，费尔曼、我，还有所有女孩儿就一起冲进店里，在旅馆式样的大灯下磨咖啡，在柜台上亮出自己的绝活儿。费尔曼有时会跑去顶楼，翻出某支长满铜锈的旧长号，只因为光溜溜的地面向他发出了跳舞的邀请……

　　一想到往年德·加莱小姐可能会在这个时间过来，撞见我们做这种幼稚事，我还是会感到脸红。我第一次真正见到她时，是八月的一个傍晚，夜幕快要降临，我和玛丽－露易丝还有费尔曼正在安静地聊着天。

　　刚到老南赛的头一晚，我就向弗洛伦廷叔叔打听起了萨波隆尼埃庄园。

　　"那已经不是个庄园了，"他说，"他们把什么都卖了。买家是些猎手，他们让人把那些老房子全都推倒了，好腾出更大的地儿去打猎。会客的院子现在成了一片荒地，长满了欧石楠和荆豆花。原先的主人只留下一栋二层小楼和农场。你肯定会有机会在这里见到德·加莱小姐的。她总是亲自出来采购，有时骑着马来，有时坐车来，不过，始终都是同一匹马，那匹老贝利泽……那套车马的样子可有意思了！"

　　我心中乱成一团，竟一时想不出该问些什么才能打听到更多的消息。

　　"他们不是很富有吗？"

　　"是啊。德·加莱先生办了好多场晚宴，就为了让他儿子高兴。那是个奇怪的男孩儿，满脑子稀奇古怪的幻想。这位老父亲想尽了各种办法供他消遣，甚至还请来了巴黎的女人、小伙子们，还有别的地方的人……后来，整个萨波隆尼埃都毁了，德·加莱夫人也快不行了。即便这样，他们仍竭尽全力讨好他，无论他怎样心血来潮，都依着他。去年冬天，不对，前年冬天，他们给他办了一场最盛大的化装舞会。宴请的宾客里边一半来自巴黎，一半来自乡下。他们弄来好多好多精美的衣服、玩具、马匹、船只——也不知道买的还是租的，依旧是为了取悦弗朗兹·德·加莱。据说，他那时候打算结婚，还要在那里举办订婚仪式。可他还是太年轻了，一下子什么都吹了。他跑了，再没人见过他，庄园的女主人也死了。一夜之间，就只剩下一个年老的舰长父亲与德·加莱小姐相依为命。"

"她没结婚吗？"我终于开口问道。

"没有啊，"他说，"我从没听说过。你想对她求婚吗？"

我一下子手足无措起来，只好尽可能简短又谨慎地告诉他，我最好的朋友奥古斯丁·莫纳也许会。

"啊！"弗洛伦廷笑着说道，"要是他看重的不是钱财，那个女孩儿倒是个良配。需要我同德·加莱先生说说吗？他有时会来这里找些打猎用的小铅弹，我总是请他尝一尝我珍藏多年的果渣白兰地。"

我连忙求他什么也不要做，再等上一等。至于我自己，也不着急去通知莫纳。好运接踵而至，反倒让我有些不安。这份不安驱使着我，让我决意，至少在亲眼见到那位姑娘之前，什么都不能告诉莫纳。

但我并没等多久。第二天，晚饭还没开始，夕阳已经西沉。

随着夜幕一起降临的，还有带着丝丝凉意的薄雾，它告诉我们八月已去，九月将至。费尔曼和我预感到店里已经没了客人，就过去找玛丽－露易丝和夏洛特玩。之前，我已经把自己为何提前来老南赛的秘密告诉了他们。我们有的倚在柜台上，有的摊平双手坐在打过蜡的木头上，相互分享着自己所知的关于那神秘女孩儿的事情，但其实说到底并没有多少实际内容。这时，一阵车轮声传来，我们不禁扭过头去。

"她来了，那就是她。"他们小声说。

几秒钟后，玻璃门前停下来一套奇怪的车马。那是一辆老式农用车，架着圆弧形的挡板，车顶是浇铸而成的。这附近还从未出现过这种样式的马车。拉车的是匹老白马，走路时头低低地垂着，看上去仿佛只想在大道上啃点青草。车座上坐着一位年轻女孩儿，美得不可方物——我这样说，是因为这是我内心最单纯的想法，而我清楚地知道自己在说什么。

她婀娜多姿，端庄大方，我从没见过有谁身上能将这二者融为一体。一身衣裳把她衬得格外苗条，看起来甚至有些弱不禁风。她穿了件栗色大衣，进门的时候已经脱了，披在了肩上。若说她是个女孩儿，那她一定是最稳重的那一个。若说她是个女人，那她又是最娇弱的那一个。那一头浓密的金色长发盖住了她的额头，勾勒出了精雕细刻的面庞。一张脸干干净净，只有夏天留下的两颗雀斑……在这样一位美人身上，我只注意到一处缺陷：当她伤心、沮丧，又或许仅仅只是在沉思的时候，那张干净的脸就会泛起一道道红晕。那些得了重病的病人也会如此，只是他们自己并不知道罢了。不管是谁见着她这副模样，心中的倾慕之情皆会化成一股怜悯之意。她有多令人惊艳，就有多令人心碎。

以上至少是我初见她时的感受。她慢慢下了车，玛丽－露易丝很自然地把我介绍给了她，拉着我跟她聊天。

我们挪出一把上了蜡的椅子给她。她背靠柜台坐了下来，我们几个孩子依旧站着。她似乎很熟悉这家店，也很喜欢。朱莉婶婶闻讯赶来，一副做生意的农妇打扮，头上戴了顶白色软帽，双手叠放在肚子上，一边规规矩矩地说着话，一边轻轻点着头。就因为她，我一时半会儿也没能跟德·加莱小姐搭上话，急得身子都有些发抖。

实际上，和她聊天很自然。

"这么说，"德·加莱小姐说，"您很快就是小学老师了？"

婶婶点亮了我们头顶的那盏瓷灯，店里稍稍亮堂了些。我看到这姑娘的脸庞如孩子般温柔，一双蓝色的眼睛是那么天真无邪。我更惊讶的是，她说话时毫不含糊，竟透着严肃。她不说话的时候，双眼会注视着别处，动也不动，只等别人答话。不过，她喜欢轻轻咬着嘴唇。

"我也想教书，"她说，"只要德·加莱先生愿意，我就去教小男孩儿！就像您母亲那样……"

说着，她笑了。显然，我那些堂兄弟姐妹们跟她提起过我。

"村里人待我总是客客气气，又和蔼可亲，还给了我很多帮助。我真心喜爱他们。我又有什么资格喜爱他们呢？他们对待小学老师可没那么好说话，还很小气，不是吗？总是状况频出，铅笔盒丢了啊，本子太贵了啊，孩子不学习啊……要真是这样的话，我就得和他们斗智斗勇。叫他们还一样爱我？那可困难多了……"

这次她没有笑，又恢复了那孩子般沉思的姿态，一双蓝眼睛眨也不眨。

这样棘手的事情，这种私密且微妙的话题，或许只有书本上才会为人大谈特谈吧，眼前这个女孩儿就这么轻轻松松地说了起来，我们三个都感到不好意思。有那么一会儿，大家都沉默不语，慢慢的，才开始讨论……

这位年轻的姑娘继续说道："我会用我所知的智慧教导那些孩子，教他们变得乖巧。我不会让他们生出闯荡世界的念头。索雷尔先生，您当了学监后，八成也会这么做。我要教会他们如何找到幸福。其实，幸福就在他们身边，尽管它表面看起来并不像……"她说这番话时，语气中似乎带着一种对生活中某件神秘莫测之事的遗憾，还有不满。

玛丽－露易丝和费尔曼跟我一样都听得惊呆了，我们全都说不出话来。她察觉到了我们的尴尬，便住了口，咬了咬嘴唇，低下头去。继而，她微微一笑，仿佛是在嘲笑我们。她说："所以啊，或许这个世界上有个疯疯癫癫的大个子年轻人正满世界找我，而我现在却在弗洛伦廷太太的店里，在这盏灯下，我那匹老马还在门口等着我。倘若这个年轻人看到这样的我，他大概不会相信的吧？……"

看到她微笑，我又有了勇气，觉着是时候开口了，于是，也笑着说道："说不定，这个疯疯癫癫的大个子年轻人，我认识呢？"

她猛然看向我。

就在这时，门铃响了，两个老太太挎着篮子走了进来。

"你们到'餐厅'来吧，那里不会有人打扰。"婶婶一边推开厨房的门，一边跟我们说。

她见德·加莱小姐有些勉强，作势要走，忙添上一句："德·加莱先生也在这儿，正在炉子旁边跟弗洛伦廷聊天呢。"

即使在八月，大厨房里也总有一捆冷杉木柴在燃烧，发出噼噼啪啪的响声，里面亮着一盏瓷灯，坐着一位面容慈祥的老人。他的脸颊凹陷，胡子刮过了，几乎不怎么愿意说话，像是被岁月和记忆压垮了似的。他旁边坐着的是弗洛伦廷，二人面前各摆了一杯果渣酒。

弗洛伦廷向我们打了声招呼。

"弗朗索瓦！"他操着集市上商贩的大嗓门喊了起来，那架势像是我们之间隔了一条河或是好几公顷土地似的，"我刚召集了一次下午的派对。下周四，在谢尔河河畔。我们可以打猎，可以钓鱼，可以跳舞，还可以游泳！小姐，您可以骑马来，我同德·加莱先生都商量好了。我已经安排好了一切……"

"还有，弗朗索瓦！"他又补充了一句，仿佛才想到什么似的，"你可以带上你的朋友，莫纳先生……他是叫莫纳吧？"

德·加莱小姐腾地站了起来，脸色瞬间变得苍白。就在这一刹那，我想了起来，莫纳曾在那个古怪庄园的池塘边跟她讲过自己的名字……

那晚，小聚结束的时候，她向我伸出手来。在我们之间，一种默契已然达成，唯有死亡才能打破，一种情谊也就此建立，甚至比伟大的爱情还要动人。这一切显而易见，胜过千言万语。

第二天早上四点钟时，费尔曼就来敲门了。我睡在养珍珠鸡的那个院子里。在我来的前一天，他们从店里挑出了些铜烛台和崭新的圣徒雕像，用来装饰我的这间小屋。天还黑着，桌上又堆满了这些玩意儿，害得我费了好大劲儿才找齐衣物。我听见费尔曼正在院子里给我的自行车打气，婶婶也在厨房里生起火。我出发的时候，太阳刚刚升起。然而，等待我的，想必是漫长的一天：我得先去圣－阿加特吃午饭，并告诉他们，我又要离家一段时间；然后，我还得继续赶路，在天黑前到达安吉永堡我的朋友奥古斯丁·莫纳家。

第三章　上帝显灵

　　我从来没有骑过那么长时间的自行车，这还是头一回。不过，我虽然膝盖有毛病，还是偷偷跟亚思曼学会了骑车。对于寻常年轻人来说，自行车或许是一种能够带来诸多乐趣的工具。但对我来说，可能就未必如此了。毕竟不久前我还只能可怜兮兮地拖着一条腿走路，走不上四公里，就已经大汗淋漓！从高处的坡顶蹬下去，一直冲到洼地里；一路翱翔着去发现远处的风景，等骑得近了，眼前的路分了岔，路旁开满了花朵；顷刻间穿过一个村子，一转眼便将村里的一切尽收眼底……在此之前，我只在梦里有过这样的骑行，这样迷人，这般轻盈。就连爬坡时，我也浑身是劲儿。对了，只有去往莫纳家乡的这条道路才能让我如此沉醉……

　　从前，莫纳描述自己的家乡时，曾跟我说过："快到镇子入口的时候，能看到一只大大的桨叶轮，风一吹就会转起来……"他不知那玩意儿用来做什么，也可能他是故作不知，好勾起我更多的好奇心吧。

八月末的一天，太阳快要下山了，直到这时我才看到，一片开阔的草地上，一只大轮子在风中转啊转，应该是在给附近的农场汲水。越过草地旁的杨树林往后瞧，已经可以看到镇郊。通向镇子的道路沿着溪水绕来绕去，我骑着骑着，眼前豁然开朗……骑到桥上的时候，我终于看到了镇上的大街。

几头奶牛正藏在草地的芦苇丛中吃草，颈铃叮当作响。我下了车，双手扶住车把，仔细打量起这个等着我捎去重磅消息的地方。只见一座座房子在沿街的小河边排成一排，像一只只收起风帆的小船，停泊在宁静的黄昏之下，进屋前都得先过一座小木桥。现在这个时间点，各家各户的厨房里已经开始生火做饭了。

这里如此安宁，我却要来打破它！我突然害怕起来，不知怎的，心中还暗自后悔。我的勇气开始一点点流失，突然打起了退堂鼓。更糟糕的是，偏巧这时又忽然想起，我那姨婆穆瓦奈尔就住在此地的小广场上。

那是我的一个姨婆。她所有的孩子都死了。我认识她最小的孩子欧内斯特，那个高个儿的男孩儿死前已经快要当上小学老师。我的姨丈曾是法院的书记官，他在小儿子走后不久也去世了。我姨婆就自己一个人住在她那个奇特的小房子里。屋里的地毯是用样品布缝的，桌子上铺满了纸叠的公鸡、母鸡和小猫，墙上挂满了旧证书、逝者的画像和放有死者头发的圆形纪念章。

经历了这么多遗憾与伤痛，她那人脾气难免有些古怪，却始终乐呵呵的。我在小广场上找到了她住的那栋房子，冲着半开的大门高声喊她，结果听见她从三个连通房间的最里头发出一声尖叫："哎呀！天哪！"

她打翻了炉子上的咖啡——这时候，她干吗要煮咖啡呢？——之后才现身。她后背驼得厉害，头顶戴了顶宽边系带软帽。帽子下面宽大的额头十分突出，颇有些蒙古女人和霍屯督①女人的气质。她咯咯地笑了几声，露出了仅剩的几颗尖尖的牙齿。

我抱住她的时候，她赶紧拽住我搭在她后背的一只手，笨拙地塞过来一枚硬币。其实，她完全没必要这么神神秘秘，毕竟这会儿只有我们两个人而已。我没敢低头看，估计那枚硬币是一个法郎……当我故作不懂，还想感谢她时，她就拍了我一下，喊道："行啦！行啦！我都知道！"

她这辈子手头一直不宽裕，总是到处借钱，花起钱来也很随意。

"我老是犯傻，运气也不怎么好。"她常捏着嗓子说这话，言语间却并无苦涩。

_____

① 非洲南部一个十分古老的种族。

这个老好人认定我跟她一样饱受钱财之忧，总是不等我吭声，就把她一天里好不容易攒下的积蓄偷偷塞给我。自打头一次这样做了以后，每次她都用这种方式欢迎我。

这场接待是如此别开生面，晚餐亦是不同寻常，透着一种既凄凉又古怪的氛围。她手边始终放着一根蜡烛，一会儿拿起来，把我留在了黑影里，一会儿又把它放在小桌子上，塞在一堆缺了口或裂了缝的盘子和花瓶中间。

"这只花瓶，"她说道，"被普鲁士人在七〇年^①弄断了把手，他们可带不走它。"

看着这个有着悲惨遭遇的大花瓶，我才想起来，我们曾经在这里吃过饭，睡过觉。当时，我父亲要带我去约讷省，找一位据说能治好我膝盖的专家。我们得搭乘一辆天亮前途经这里的快车……我甚至记起了那天凄凉的晚餐，老书记官双手支在他那瓶玫瑰红葡萄酒前，讲了一个又一个故事。

我还记起了自己当时的恐惧。那是吃完晚饭后，姨婆坐在火炉前，把我父亲拉到一边，给他讲了一个鬼故事："我转过身……啊！我可怜的路易，我看到了什么，一个灰色的小个子女人……"那一刻，大家都觉得她满脑子全是这些骇人的荒唐事。

因为骑车累了，吃完晚饭后我就穿上姨丈的格子睡衣，在

---

① 这里指的是 1870 年的普法战争。

大卧室里躺下了。姨婆却走到我的床头坐下，用最神秘、最尖细的声音说起话来："我可怜的弗朗索瓦，我得跟你讲一个从没跟别人讲过的故事……"

我心里嘀咕着：这下好了，我这一晚上都得担惊受怕，跟十年前一样！

不过，我也只能听着。她点了点头，眼睛直直地看着前方，仿佛这故事是讲给她自己听的。

"我当时和你姨丈在一场聚会结束后往回走。自打我们那可怜的欧内斯特走后，我们俩还是头一次一起去参加婚礼。你姨丈的一个非常阔绰的老朋友请他去萨波隆尼埃庄园参加他儿子的婚礼。我还在那儿遇见了四年没见过的阿黛尔！我们租了一辆车，花了好大一笔钱。我们回到大道上的时候，已经是早上七点。大冬天的，太阳已经出来了，四周空无一人。你猜，我在前面的路上瞧见了什么？一个小个子男人，一个小个子年轻人，甭提多漂亮了。这人站着不走，看着我们朝他过去。我们越走越近，那是一张美丽的面庞，那样白皙、美丽，简直叫人害怕！

"我一把抓住老头子的胳膊，抖得跟树叶一样。我以为这是遇见了上帝！我跟他说：'看呀！上帝显灵了！'

"他很生气，低声答道：'我看见他了！闭嘴吧，你这老太婆话也忒多了……'

"他也一时慌了手脚。谁料这时，马停了下来。离近后，只见那人面色苍白，满头汗水，戴了顶脏兮兮的贝雷帽，穿了条长裤。我们听见他柔声说：'我不是男人，是个姑娘。我是逃出来的，已经走不动道儿了。先生、太太，你们能捎我一程吗？'

"我们赶紧让她上了车，她一坐下就晕了过去。你能猜出跟我们打交道的这人是谁吗？是萨波隆尼埃那个小伙子弗朗兹·德·加莱的未婚妻！我们去参加的就是她的婚礼！"

"不是没有婚礼吗？"我说，"新娘子都跑了！"

"是啊，"她有些狼狈地看着我说，"没有婚礼。这个可怜的疯姑娘脑袋里装了上千个愚蠢的想法，都说与我们听了。原来，她是个穷织布工的女儿，觉得自己没那么好的福气，那小伙子对她来说太年轻了。在她看来，他同她描绘的所有美好无非想象罢了。婚礼前夕，弗朗兹找来的时候，瓦伦蒂娜就害怕了。尽管那天天很冷，还刮着大风，他依然陪着她和她姐姐在布尔日的主教府公园散步。这年轻人肯定是出于礼貌，加上又爱着妹妹，所以对那个当姐姐的就分外关照。也不知我们这个疯姑娘究竟胡思乱想些什么，居然声称要回家去找头巾。为了不被人跟踪，她还换上了男人的衣服，就这样踏上了逃往巴黎的大道。

"后来，她的未婚夫收到一封信。她在信中宣称自己要去找一个她爱的男人。可那并不是真的……

"她跟我说，'比起成为他的妻子，能够做出牺牲，更让我感到幸福'。是啊，我的傻姑娘。可不管怎么说，他根本没有娶她姐姐的念头。他朝自己开了一枪，后来有人在树林里看到了血迹，却一直没找着他的尸体。"

"那你们是怎么对待这个不幸的姑娘的？"

"我们先是让她喝了口酒，又给她弄了点吃的。等我们回到家，她挨着炉火就睡着了。她在我们家过了大半个冬天。白天，只要天还亮着，她就剪裁裙子，整理帽子，一个劲儿地收拾家里。你瞧，这一整面糊墙纸都是她粘上去的。自从她来了，燕子都在外头筑了巢。可是到了晚上，天黑了，她干完活儿，总会找个借口出去待着；要么去院子，要么去花园，再不然就是门口，哪怕天寒地冻也要出去。我看到她站在那儿，哭得撕心裂肺，就问她：'这是怎么了啊？'

"'没什么，穆瓦奈尔太太！'

"说完，她就回屋了。

"邻居们都说：'穆瓦奈尔太太，你们找的小女仆可真漂亮。'

"到了三月，她又想去巴黎，我们怎么求她都没用。我送给她几条裙子，她改了改；你的姨丈则替她在车站买了票，给了她一点儿钱。

"她没忘了我们。她在巴黎圣母院附近当起了裁缝，还写信问我们，是否有关于萨波隆尼埃的消息。后来，为了让她不再惦记着那件事情，我就回信说，庄园已经被卖掉，还被推倒了，那个小伙子彻底消失了，姑娘也嫁了人。我觉着，这些都该是真的。打那以后，我的瓦伦蒂娜来信就少多了……”

穆瓦奈尔姨婆那副尖细的嗓子格外适合讲鬼故事，但她这次讲的并不是鬼故事，可我还是难受极了。我们曾向跟了波西米亚人的弗朗兹发誓，要像兄弟般为他效劳，现在机会就摆在我面前……然而，明天早上我就要把喜讯带给莫纳，这时候难道要大煞风景，把我刚刚听来的这些消息也通通告诉他吗？唆使他去做一件几乎毫无可能的事情，又有什么好处呢？不错，我们是有那姑娘的地址，但去哪儿找那个满世界跑来跑去的波西米亚人呢？让疯子和疯子待在一起吧，我这样想着……德卢什和卜亚东没说错，这个满脑子爱幻想的弗朗兹给我们带来了多少糟心事！我打定主意什么也不说，直到亲眼看到奥古斯丁·莫纳和德·加莱小姐结婚。

虽然心意已决，我还是有种不祥的预感。这种预感让我觉得难受，可又无比荒谬，但很快便被我抛之脑后。

蜡烛快要燃尽了，一只蚊子嗡嗡直叫，穆瓦奈尔姨婆脑袋歪向一边，缩在她那顶只在睡觉时才脱下的丝绒帽子下，两肘支在膝盖上，又从头开始讲起她的故事来……有时，她会突然抬起头，观察一下我的反应，又或者是为了看看我是否睡着了。最后，我耍了个心眼，把头放在枕头上，闭上眼睛，假装打起瞌睡来。

“哎！你睡了……”她声音喑哑了许多，有些失望。

我心中不忍，便反驳道："没有，姨婆，我跟您保证……"

"撒谎！"她说，"不过我明白，你对这些都不感兴趣。我说的这些人，你一个也不认识……"

这一次，我卑劣地没有应声。

第四章　重磅消息

　　第二天早上，当我站到大街上，扑面而来的是假日的好天气和一派静谧的气息。镇上传来各式各样的响动，这种感觉是那么平和，那么熟悉。我又找回了自信，高高兴兴地去送好消息……

　　奥古斯丁和他母亲住的地方原先是座校舍。他的父亲曾继承了一笔遗产，因此发了家，早早地退休。父亲去世后，莫纳便想买下这所学校。学校里的老教师已经教了二十年书，莫纳自己也曾在这儿学识字。这地方看着其实并不讨人喜欢：那栋方形的大房子早些年间还是镇政府的所在地，一楼朝街的窗户尤其高，谁也不会往里头张望；后院里一棵树也没种，一个风雨操场挡得田野都看不见了。这可是我见过的最乏味、最荒凉的被遗弃的院子了……

　　我在开了四扇门的回廊里见到了莫纳的母亲，她正抱着一堆衣服从花园往回走。假期的早晨这样漫长，她大概一大早就拿出去晾了。灰色的头发散开了一半，有几缕飘在脸颊上，老气的发型下面是一张五官端正的脸，面容有些浮肿疲态，仿佛一夜无眠。她伤心地低着头，一副若有所思的样子。

一抬头见到我，她立时就把我认了出来，笑着说："您来得正好！瞧，我正在收衣服，奥古斯丁要走了，我拿出来晾干来着。昨儿一晚上我都在帮他算账，整理行李。火车五点发车，不过我们已经收拾好了……"

她这样自信满满，别人见了肯定会说，是她做主让儿子走的。其实，说不定她连莫纳去哪儿也不晓得。

"上去吧，"她说，"您能在镇政府那间屋子里找着他，他正写东西呢。"

我三步并作两步走上楼梯，推开右手边还挂着"镇政府"牌匾的那扇门。出现在我面前的是一间大厅，有四扇窗户，其中两扇朝向镇子，两扇对着田野。墙上挂着发黄的肖像画，是格雷维总统和卡诺总统①。大厅最里头是长长的主席台，上面放了一张铺着绿毯的桌子，前面摆着议员的椅子。莫纳坐在大厅中央一张镇长用过的旧扶手椅上。只见，他拿笔在一个旧式心形彩陶墨水瓶里蘸了两下，写了些什么。这地方貌似是为某位乡绅准备的，漫长的假期里，莫纳不去外边野的时候，就在这

---

① 这两位都是法兰西第三共和国的总统。儒勒·格雷维，于1879年至1887年任职。萨迪·卡诺，于1887年至1894年任职。

里待着……

他一认出我，就站起身来，倒是没像我想象中那样手忙脚乱。

"索雷尔！"他喊了这么一声，脸上露出了深深的诧异之色。

他还是那个高个子男孩儿。一张瘦削的脸，剃着平头，嘴唇边的胡子乱蓬蓬的，眼神一如既往的光明磊落……然而，我好似看到，过去他身上那种热情洋溢的气息被一层薄薄的雾气所笼罩，偶尔重现的昔日激情，才能冲破那层薄雾……见到我时，他似乎十分不安。我跃上主席台。奇怪的是，他甚至没想过要跟我握手。他转身面对着我，双手背在后面，抵住桌子，身子往后仰着，神色有些尴尬。他盯着我，眼中却并没有我，只在一门心思地想着同我说些什么。他这人向来如此。让他开口讲话总是得花上点时间，这一点与独行侠、猎人和冒险家那一类人极为相像。他总是一早就拿定了主意，却不愿花心思想一想要拿什么字眼去解释。而现在，既然我站定在他的面前，他只得费力琢磨一下，哪些话有必要说出来给我听。

我只管兴高采烈地告诉他，自己是怎么来的，在哪里过的夜。我还提到，刚刚看到莫纳太太在帮他收拾东西准备出门，我十分惊讶……

"啊！她告诉你了？"他问道。

"对的。我想，这不会是一次长途旅行吧？"

"就是啊，我得去到很远很远的地方。"

那一瞬间，我一度不知所措。我意识到，虽然我尚不明白他为什么要去旅行，可我一句话就能让他这个决定化为泡影。所以，我不敢再多说什么，更不知如何提起自己此番前来的使命。

他最后还是开了口，像是要为自己辩护。

"索雷尔，"他说，"你知道的，圣-阿加特的那次奇遇对我来说意味着什么。那是我活着的理由，是我的希望所在。失去了这个希望，我能怎样？……我怎么能像大家一样活着！当我看到，一切都已结束，甚至不值得再去寻找那座迷失庄园，我也尝试过在巴黎那边生活……可是，一个人曾经跃入天堂一次，之后又怎能如寻常人一般凑合着过日子？旁人所谓的幸福，在我看来不堪一提。终于有一天，我决定像其他人那样过活了。尽管这决定也出自真心实意，可此后很久，这一天都让我后悔不已……"

我坐在主席台的一把椅子上，低着头听他说话，并不看他。我不知该如何理解这番晦涩难懂的自白。

我说："好了，莫纳，跟我好好说一说！为什么要去那么远？你做了什么错事需要弥补吗？还是有诺言得去兑现？"

"好吧，是的，"他答道，"你还记得我向弗朗兹许下的那个诺言吗？"

"啊！"我松了一口气，"就为这个吗？"

"是这个。或许也是一个需要弥补的错误，二者兼有……"

接下来，是一阵沉默。这期间，我决定道明来意，已经酝酿起如何开口。

"我觉得，只有一种解释吧。"他再度出声，"没错，我曾希望能再见上德·加莱小姐一面，只是见她一面……现在，我相信，自己早已不是发现无名庄园时的那个我，不再那么天真无邪，那是我再也无法回复的状态。就像有一天我在给你的信中所写的那样，也许唯有死亡才能让我找回当时的美好……"

他忽然变了语气，莫名其妙激动起来。他走近我，继续说道："不过，听着，索雷尔！这个新的变故，这趟长途旅行，这个必须得到弥补的错误，从某种意义上说，是我之前冒险的继续……"

他停了一会儿，苦苦思索，想要在他的记忆里重新抓取些什么。我已经错过了之前那次机会，不想错过这一次，于是开了口。可这一次，是我太心急了。我本应等到他坦陈一切，后来也只能追悔莫及。

我说出了那句话，是刚才那段时间里斟酌好的话，现在其实已经不是说这个的时候了。我没做其他任何动作，只稍稍抬了抬头。

"那如果我来这里是为了告诉你，并非所有希望都破灭了呢？"

他看着我，倏地别过眼去，脸唰一下红了，有如一股热血涌上头，顶得太阳穴突突直跳。我从没见过谁的脸能红成这样……

"你想说什么？"他终于还是问了出来，声音小得让人几乎听不清。

我把我所知道的事情与所做的事情一口气都说了出来，还告诉他事情如何出现的转机。我就像是被伊冯娜·德·加莱派到他这里来似的。

他现在脸色苍白得吓人。

在我的整个叙述过程中，他始终默默地听着，脑袋微微往后缩了缩，那样子如同被谁抓了个现行，却不知如何自保，如何躲避，如何逃跑。我记得他只打断过我一次。我当时还告诉他说，整个萨波隆尼埃庄园都被拆了，从前的庄园已不复存在。

他说："啊！你瞧……（好像他就专门等着一个机会，以证明他的行为和绝望都是正确的）你瞧，什么都没了……"

讲到最后的时候，我坚信，事情如此顺利，莫纳余下的那些痛苦也定能烟消云散。我还补充道，我的叔叔弗洛伦廷组织了一次乡村聚会，德·加莱小姐将骑马前去，他本人也在受邀之列。可他似乎方寸大乱，依旧什么也不答。

"你得立即取消你的行程，"我着急地说道，"我们去告诉你母亲吧……"

等到我们俩一同下楼的时候，他犹犹豫豫地问我："这次乡村聚会……我真的要去吗？"

"喂！"我回了一嘴，"这还用问？"

他看起来就像被谁推着肩膀在往前走似的。

到了楼下，奥古斯丁告诉莫纳夫人，我将和他们一起吃午饭和晚饭，还会在这里过夜。而明天，他要借一辆自行车，跟着我去老南赛。

"啊，太好了！"她听后点了点头，这些消息似乎完全在她意料之中。

我在狭小的餐厅里坐了下来。周围墙上挂着插图日历、带有装饰的匕首，还有苏丹的羊皮袋，那是莫纳先生曾在海军陆战队当兵的一个兄弟去远方游历后捎回来的。

吃饭前，莫纳把我留在那里单独待了一会儿。他去了母亲给他准备行李的隔壁房间。我听到他略微压低了嗓门，叮嘱他母亲不要解开他的行囊，因为他的行程可能只是推迟而已……

第五章 郊游

　　去往老南赛的路上，奥古斯丁骑得跟赛车手一样飞快，我简直要跟不上了。遇到上下坡，他也不下车。他已经不似前一天那样莫名迟疑，反倒表现出一种狂热的激动，只盼着能够早一点儿抵达，这让我不禁有些担心。就算到了我叔叔家，他也还是那样急不可耐，仿佛对任何事都提不起兴趣。直到第二天早上十点左右，我们都上了马车，准备动身去河边，他依然处于这种状态。

　　此时正值八月末，夏天已临近尾声。栗子树已经开始变黄，白晃晃的大马路上，到处都是空空的板栗壳。路程并不远。我们要去的奥比叶农场就在谢尔河河畔，距离萨波隆尼埃只有两公里。一路上，我们不时能遇着其他宾客的车，有些年轻人则干脆骑着马。弗洛伦廷胆子很大，下帖时打的是德·加莱先生的旗号。他同往常一样，对受邀之人尽力做到一视同仁，不在乎有钱没钱，不论乡绅还是农夫。就这样，我们看到亚思曼·德卢什也骑着自行车来了。不久前，他才通过守林人巴拉蒂耶结识了我叔叔。

"喏，"莫纳看见他就说，"就是这人，手里握着开启一切的钥匙。我们却一路找到了巴黎。真叫人绝望！"

莫纳每看他一眼，心中的怨恨便多了一分。亚思曼却以为，我们该对他感激涕零。他一直紧紧守着我们的马车，把我们护送到了终点。我们能看出，他费了些心思，梳洗打扮了一番，只可惜，结果差强人意。他那件外套已经磨破了，下摆直拍打着自行车的挡泥板……

他逼着自己可爱些，可那张老气横秋的脸无论怎样都不讨喜。我看着他，心中隐隐添了一丝怜悯。只是，接下来的这一天里，我对谁不怜悯呢？……

每每回想起这次郊游，我不无悔恨，压抑得像要喘不过气来。我之前想的是，这一天该有多么快乐！一切看上去是那样顺理成章，结局定会幸福美满。事实远非如此！

不管怎样，谢尔河河畔的风景是那么优美！我们驻足的岸边，山势平缓，一小块一小块的绿草地，还有被篱笆隔开的一片又一片的柳树林，一个个犹如小花园般装点着大地。河对岸是连绵的灰色山峦，山上巉岩林立。最远处的山丘上，一丛丛冷杉树中间，露出一座座配有塔楼的小城堡，弥漫着浪漫的风情。远方的普雷沃朗日城堡里，不时传来一声声猎犬的吠叫。

我们来时走的是迷宫一样错综复杂的小路。途中有些地方缀满白色的石子，有些铺满了沙子，挨着河岸的路段则被激流覆盖，成了小溪。路边的野鹅莓总爱伸出树枝，拉住我们的衣袖。我们前一刻还行走在阴凉的谷底，过一会儿，没了茂密枝叶的遮挡，明媚的阳光照进整个山谷，我们沐浴其间。我们离目的地越来越近了，只见对岸有个男人正一手攀着岩石，一手小心翼翼地张开渔网。看啊！天空多么晴朗！

我们选择了一块草坪落脚。那是一片白桦林围成的凹地，大大的草坪修剪得整整齐齐，看上去十分开阔，可以任人玩耍。

马车已经卸了套，马匹都被赶去了奥比叶农场。人们开始在林子里打开便当盒，还把我叔叔带来的小折叠桌支在了草地上。

这个时候还需要一些热心肠的人去附近的大路口守着，招呼迟来的人，告诉他们我们在哪里。我马上自告奋勇，莫纳也跟着我。我们俩守在了吊桥边。好几条山间小路都在此处交会，打萨波隆尼埃来的那条路也经过这里。

我们一边等，一边四处溜达，聊些过去的旧事，想尽办法打发无聊的时间。从老南赛又过来一辆车，上面坐了些面生的农民，还有一个系着绸带的高个儿姑娘。之后什么人也没等来。哦，不对。还有三个孩子坐了辆驴车。他们是萨波隆尼埃前任园丁的孩子。

"我好像认识他们，"莫纳说，"我想，那时就是他们，在聚会的第一天晚上拉着我的手，领我去吃晚饭……"

正说着，那驴子不肯走了。几个孩子就跳下来，又是戳，又是拉，还使劲抽打它。莫纳见状很是失望，忙声称自己弄错了……

我跟他们打听在路上是否遇见了德·加莱先生和他的女儿。其中一个孩子回答说自己不知道。另一个说道："先生，我想是遇见了。"此外，便没有更多的信息了。他们有的牵起缰绳拉着驴子，有的在车子后面推，朝着草坪走去。我俩又开始继续等待。莫纳死死盯着萨波隆尼埃那条路的拐弯处，惴惴不安地等着那个他曾经苦苦寻找的女孩儿。为了望得远些，我俩爬上了一个小斜坡，瞥见下面的草坪上，德卢什正卖力地热情招呼着一群宾客。莫纳一反常态，变得无比烦躁，甚至有些滑稽可笑，一股火气全都冲着亚思曼而去。

他对我说："瞧他夸夸其谈那样儿，这个蠢货！"

我回了一句："饶了他吧，这可怜的家伙也是在尽他所能。"

奥古斯丁却没有消气。这时，那边的树林里蹿出来个东西，不知是野兔还是松鼠。亚思曼不想让人瞧出自己的窘态，作势要去追赶。"去啊，好！他跑起来了，现在……"莫纳这样喊了起来，就好像那个冒失鬼真的成了英雄一样！

这一次，我忍不住笑出了声。莫纳也笑了，但他的笑容却只是一闪而过。

又过了一刻钟。他说："要是她不来了呢？"

我答道：“她答应了的。所以再耐心等等！”

他又开始等待。然而，如此煎熬的等候终于还是令他无法继续忍受。“听我说，”他说，“我要下去和其他人一块待着了。我不知道现在是什么在跟我作对。可我觉得，要是我留在这里，她永远也不会来。过一会儿她就会出现在这条路的尽头？不可能的。”

说完，他朝草坪走去，把我一个人留在原地。

为了消磨时间，我往小路上踱着步。刚拐了第一个弯，我就看到了侧坐着骑在老白马身上的伊冯娜·德·加莱。这匹马今天早晨心情格外欢脱，她只得拉紧了缰绳，才不至于跑得太快。走在马儿前面的是德·加莱先生，他走得很吃力，一句话也不说，估计这两人是轮流骑马。

见我只身一人，年轻的小姐莞尔一笑，迅速跳到地上，把缰绳交给她父亲，朝我走来。我也赶紧迎了上去。

“看到只有您一人，”她说，“我真高兴。除了您，我不想让别人见着这匹老贝利泽，也不想把它跟旁的马拴在一起。它长得太丑，也太老了。我还总害怕它被别的马欺负。不过，我只敢骑它，等它死了，我就再不骑马啦。”

我发现，德·加莱小姐和莫纳一样，表面看上去活泼迷人、平静优雅，实则早已心急如焚。她说话的语速比往常快了许多，两颊虽然红润，眼圈和额头却有些惨白，她的烦恼全数写在其上。

　　我们商量了一下，决定将贝利泽拴在路旁小树林里的一棵树上。德·加莱先生始终一言不发。他从马鞍旁的套子里取出笼头，拴住了那畜生——在我看来，似乎拴得有点低。我答应他们说，过会儿会拜托农场送过来点干草、燕麦、麦秸……

　　德·加莱小姐走到了草坪上。在我的想象里，这画面当一如往昔。莫纳第一次见到她，就是她走向湖边斜坡的那一刻。

　　她伸出右臂挽住父亲，左手撩起柔软大衣的下摆，径直走向宾客。她的神情庄重肃穆，但还是看得出稚气未脱。我走在她的身旁。来的人本来要么三三两两地散开活动，要么在远处玩耍，这会儿全都站起了身，聚拢过来欢迎她。有那么一瞬间，草坪上鸦雀无声，每个人都盯着她一步步走过来。

　　莫纳已经混在了一群小伙子中间。除了个子高大以外，很难把他同他身边那些年轻人区分开来，更何况有些人还和他几乎一样的个头儿。他没做任何引人注目的事情，没有打手势，也没有上前一步。我看见了他，一身灰色的衣服，一动不动，和其他人一样，目不转睛地注视着这样一位窈窕淑女翩然而至。只不过，临了，他还是下意识地做了个尴尬的动作：他拿手摸了摸自己没戴帽子的脑袋，似乎想把自己那庄稼汉一样粗犷的平头藏起来，躲进身旁那些把头发梳得溜光水滑的人群中间。

　　随后，大家都围在德·加莱小姐身边。有人向她介绍起那些她不认识的姑娘和小伙……马上就轮到我那伙伴了，我觉得自己同他一样忐忑不安。我准备亲自介绍他。

　　我还没来得及张口，这姑娘就已经走向了他。她态度坚决，神色郑重，那样子真叫人惊讶。

　　"我认得您，奥古斯丁·莫纳。"她说。

　　说罢，她朝他伸出了手。

第六章　郊游（完）

几乎就在同一瞬间，又过来一些人想和伊冯娜·德·加莱打招呼，这两个年轻人便被分开了。造化弄人，午饭时他俩也没被分在同一张小桌子上。不过，莫纳似乎重拾了信心与勇气。我夹在德卢什和德·加莱先生中间插不上话的时候，好几次望见我这位伙伴从远处冲我比了个友好的手势。

晚会快要结束的时候，人们四散开来，做游戏的做游戏，游泳的游泳，聊天的聊天，还有人去旁边的池塘泛舟，莫纳这才再次有机会和那位姑娘面对面。当时，我们坐在自己带来的花园椅上，正和德卢什聊着天，德·加莱小姐走了过来。她对着一群年轻人有些不耐烦，斟酌一番后还是选择了离开。我记得，她问我们，为什么没有像其他人那样去奥比叶湖上划独木舟。

"我们下午已经转了几圈，"我答道，"就是太无聊，我们很快就累了。"

"那你们干吗不去河上划呢？"她说。

"水流太急啦，有被卷走的危险。"

"我们得有汽艇，"莫纳开了口，"或是上一次那样的汽船。"

"我们已经没有那样的船了，"她的声音微不可闻，"我们把那艘船卖了。"

大家陷入了一阵尴尬的沉默。

亚思曼借机说自己要去找德·加莱先生。"我知道哪里可以找到他。"他说。

缘分就是这么奇怪！这两人有着天壤之别，居然能够相谈甚欢，从早上开始就形影不离。晚会刚开始时，德·加莱先生还把我拉到一旁，夸我这个朋友懂分寸、有礼貌，是个十分优秀的人。他多半已经把贝利泽存在的秘密和藏身之处都告诉了对方。

我也想过走远一些，可我觉着，眼前这两个年轻人在对方面前都不怎么自在，有些不知所措。所以，我还是决定谨慎一点儿，不走为妙……

亚思曼小心翼翼，我慎之又慎，然而这些都没起什么作用。他俩讲着讲着，莫纳总能绕回到有关昔日美好的事情上去。他在这个话题上的执拗，怕是连他自己都没有意识到。他每提起一次，那姑娘就受一次折磨，不得不向他重复一遍，一切早已荡然无存：那座外表古怪、结构复杂的老房子被推倒；池塘已干涸，被填平了；打扮得漂漂亮亮的孩子们也已四散分离……

“啊！”莫纳只是失望地感慨一声，仿佛每一样东西的消失都在证明，他是对的，德·加莱小姐和我是错的。

我们三人并肩而行。悲伤的情绪笼罩着我们。我试着岔开话题，也不过是白费力气罢了。只要在某个问题上突然起了兴致，莫纳就会任由自己执念再起。他会把过去自己看到的都打听了个遍：小女孩儿们，老柏林马车的车夫、参赛的小马驹……

“小马驹也全都卖了吗？庄园里没有马了？”

她回答说再没有了，只字不提贝利泽。

他又说起他那间房里的摆设来：烛台、大镜子、破旧的琉特琴……他以异乎寻常的热情询问着这一切，似乎想让自己相信，那场美丽的冒险真的什么也没有剩下。潜水员尚能从水底带回一块卵石、一把海草，而那姑娘连一块碎片都给不了他，也没有什么能够证明，他二人所经历的并非一场梦。

德·加莱小姐和我不约而同地苦笑了一下。她决意同他说明缘由：

“德·加莱先生和我为了可怜的弗朗兹布置的美丽城堡，您再也见不到了。我们整天都在按照他的要求做事。他那人真是古怪！也真有魅力！他订婚失败的那个晚上，一切都随着他一起烟消云散了。

“我们丝毫不知德·加莱先生已经破产。弗朗兹又欠了一屁股债。他那些老同学一听说他失踪了，就立马来找我们要钱。我们变得一贫如洗。德·加莱太太死了。几天的工夫，我们失去了所有朋友。

"要是弗朗兹没死的话，但愿他能回来，能找到他的朋友和未婚妻，中断的婚礼也能顺利进行。那么，或许一切都会恢复原样。可是，过去还能重来吗？"

"谁知道！"莫纳说着，出了会儿神，之后便什么也不再问了。

我们三人静静地走着，脚下的草叶柔软矮小，略微发黄。奥古斯丁的右手边就是那个他以为自己永远失去了的姑娘。每当他抛出一个沉重的问题，那姑娘就慢慢转向他，耐心回答，一张迷人的脸上写满担心。有一次，她和他说话的时候，手轻轻搭在了他的胳膊上，这一柔弱的举动透露出满满的信任。为什么大个子莫纳就像个局外人一样？为什么他好像没有找到他要找的东西？为什么他对其他任何事物都提不起兴趣？眼前的美好若是出现在三年前，他绝对做不到冷静自持，说不定还会欣喜若狂。现在他身上的这种空虚，这种疏离，这种面对幸福的无能为力，究竟来自何处呢？

我们走近了德·加莱先生早上拴贝利泽的那片小树林。西沉的太阳拉长了我们投在草地的影子。草坪另一头传来男孩儿、女孩儿玩耍打闹的声音，那声音隔着远远的距离，传到我们耳中时只剩下连绵不绝的嬉笑。这样的岁月静好着实令人羡慕。我们三个沉默不语。这时，从树林另一边，奥比叶农场的方向传来一阵歌声。听上去是个年轻人，正领着牲口去远处饮水。

那曲子像支舞曲，节奏明快。只是唱歌的人拉长了声音，又拖
慢了些，听起来宛如一首古老的民谣，充满悲伤的味道：

> 我的鞋子是红色的……
>
> 别了，我的爱情……
>
> 我的鞋子是红色的……
>
> 别了，永不复返！

莫纳抬起头听着。无名庄园聚会的最后一晚，迟迟不归
的农夫们唱的曲子里就有这一首。那时，一切已经开始土崩瓦
解，仅剩一段回忆，最悲惨的回忆。回忆里的美好时光，一去
不复返。

"你们听到了吗？"莫纳轻声说道，"噢！我要去看看那
是谁。"

说完，他一脚踏入树林。歌声也随即停了。那人又吹了几
下口哨，赶着牲口走远了，什么声音都没了……

我瞅了瞅德·加莱小姐。只见她神思恍惚，一脸沮丧，眼
睛还紧紧盯着莫纳消失的那片树林。这样的目光后来出现过无
数次！她就如此刻一般，出神地望着大个子莫纳永远离去的那
条路！

她转身看向我，痛苦地说道："他不幸福。"

她接着又说："或许我也帮不上他？"

　　我犹豫着要不要回答。莫纳大概会一口气跑到农场，这会儿已经从树林里往回走了，我担心我们的谈话会被他听到。可我还是打算给她鼓气。我会告诉她，不要害怕冲撞了这个小伙子，他之所以绝望沮丧，估计是因为某桩心事，而他自己是绝不会向她或者旁的什么人倾诉的。就在这时，林子另一边爆出一声尖叫。紧接着，我们听到一阵噼里啪啦的声响，像是马炸蹶子时放的连珠屁，还有断断续续的争吵声……我瞬间明白老贝利泽出了事，拔腿就循声跑去。德·加莱小姐远远地跟在我后头。草坪那一头应该也注意到了我们的动静，因为就在我钻进树林的那一刻，就听到有人叫喊着跟了过来。

　　老贝利泽拴得太低了，一条前蹄缠到了缰绳里。它一下也没动过，直到德·加莱先生和德卢什散步时走到附近。它受了惊，再加上给它的燕麦又吃不惯，一番刺激之下，它便发了狂，剧烈地挣扎起来。这两个人试图解开缰绳，却笨手笨脚的，还差一点儿被马蹄踢到，最后反倒把这马儿缠得更紧了。莫纳就是在这个时候从奥比叶赶了回来，刚巧撞上这场景。见他俩这般笨拙，莫纳很生气，一把推开他们，也不管他俩会不会滚到灌木丛里去。他小心翼翼，三两下就把贝利泽解救了出来。可惜还是太晚，伤害已经造成。这匹马应当是哪根筋扭到了，也可能是什么地方受了伤，可怜兮兮地低头站着，马鞍松松垮垮地搭在背上，一只蹄子蜷缩在肚子下面，不停地打战。莫纳弯下腰，摸了摸它，细细检查了一番，全程一句话也没说。

等到他抬起头，几乎所有人都靠了过来。他眼中却看不到任何人，气得满脸通红。

"我想知道，"他大喊，"谁把它拴成这样的！还把马鞍放在它背上一整天？这种老马最多也就能拉一拉车，谁那么大的胆子还给它套上马鞍？"

德卢什想说些什么——他想把这些都算到自己头上。

"你闭嘴！你也有错。我看见你想帮它松开，还傻不拉叽地拉着那根绳子。"

他再次弯下腰，摊平手掌揉起马儿的膝盖来。

一直没说话的德·加莱先生这时办了件错事。他不想让别人替自己担责，结结巴巴地说道："海军军官习惯于……我的马……"

"啊！这马是您的？"莫纳稍稍冷静了一些，脸依旧很红，转头看向老人。

我以为他会换个语气，说句道歉的话。谁料，他喘了一会儿粗气，蛮横无理地说道："好吧，我不会表扬您的。"这时我才发现，他近乎绝望地放纵自己的阴阳怪气，故意火上浇油。他想把一切都彻底毁了。

有人一旁提议道："或许可以用凉水……牵它去浅滩泡一会儿……"

莫纳根本不搭理这人："趁着这匹老马还能走路，得马上把它牵走，没时间浪费了！把它牵回马厩后，就别让它再出来了。"

几个年轻人马上主动请缨，但德·加莱小姐极力谢绝了他们的好意。她的脸上烧起一团火，眼泪在眼眶里直打转。她跟每个人都道了别，就连莫纳也不例外。反倒是莫纳，狼狈极了，连看她一眼也不敢。她拉住缰绳，牵起老马，那姿势就像我们平日里朝谁伸手那般，其目的只是为了亲近示好，而绝非是要驾驭对方。夏末的风那样和煦，吹在回萨波隆尼埃的小路上，时间宛如回到了五月。篱笆上的叶子在南风中摇摆。她的手臂从大衣里露出一截，纤细的手指攥着粗粗的缰绳。我们就这样看着她走了。她父亲艰难地走在她身旁……

晚会就这样凄凉地结束了！渐渐地，大家都动手收拾起自己的包裹和餐具来，还有人把桌椅折叠起来收好了。一辆辆载满行李和乘客的马车离开了，帽子扬了起来，手帕在空中挥舞。我们和弗洛伦廷叔叔是留在原地的最后一拨人。他和我们一样一言不发，心中满是遗憾与深深的失望。

最后，我们也出发了。栗色的骏马拉着我们那辆平稳的马车飞快地奔跑。车子拐了个弯，车轮在沙地上吱吱作响。我和莫纳坐在后排，只见老贝利泽和它的两个主人走的那条岔路路口从我们眼前一闪而过。

这时，我的伙伴——这世上我所认识的人里最不爱哭的那一个——突然把脸转向了我。他的脸上写满了慌乱，眼泪不可抑制地涌了出来。

"您能停一下吗？"他伸手拍了拍弗洛伦廷的肩，"不用管我。我稍后自己走路回去。"

他一只手按着马车的挡泥板，一跃而下跳到了地上。让我们大吃一惊的是，他竟然往回跑了，一直跑上了我们刚刚经过的那条小路，那条去往萨波隆尼埃的小路。他会沿着那条两边栽满了冷杉的小径奔向庄园吧！那条小径他曾经走过，还曾像流浪汉一样，躲在旁边低矮的树枝下，听到那几个陌生、漂亮的孩子神秘地聊着天……

就在这天晚上，他抽抽噎噎地向德·加莱小姐求了婚。

第七章　大喜的日子

　　那是二月初的一个周四。那个美好的傍晚，大地结了冰，大风呼呼吹着。时针指向三点半、四点……从中午开始，附近村庄的篱笆上，一件件衣服就晾了起来，在阵阵狂风中干得很快。每家每户的餐厅里，炉火把祭台上一个个涂有釉漆的玩具映照得闪闪发光。玩累了的孩子坐到母亲身旁，求她讲一讲她结婚的那一天……

　　对于不想快乐的人来说，他只需爬上自家的阁楼，就会听到沉船的哀鸣，直到夜幕降临。他还可以走出门，走上大道。风儿会掀起他的头巾，吹打在他的嘴上，宛若突如其来一记温暖的吻，让他潸然泪下。而对于热爱幸福的人来说，他只需走到一条满是泥泞的小路旁，去看一看萨波隆尼埃的那栋房子。那里面有我的朋友莫纳，还有从中午起成了他妻子的伊冯娜·德·加莱……

　　距离订婚已经过去了五个月。他们二人第一次见面可谓颇多曲折，相比之下，这段日子倒是过得十分平静。莫纳经常来萨波隆尼埃，有时骑自行车，有时乘马车，每周至少来两次。德·加莱小姐在正对旷野和冷杉林的落地窗前做女红或是读书的时候，总能看到他高大的身影从窗帘后倏地闪过。他每次都会选择绕远道，沿着从前的那条小径而来。不过，这是他对往事唯一的暗示——没有宣之于口的暗示。随着幸福的到来，他那奇怪的痛苦似乎陷入了沉睡。

　　这平静的五个月里，发生了一些小事。我被任命为圣伯努瓦德尚村[①]的小学教师。圣伯努瓦其实算不上一个村子，只有几个农场，星星点点地散落在田间。学校位于大道旁的一处山坡上，周围什么都没有，我过着近乎隐居的生活。不过，如果从田野穿行，只消走上三刻钟，就能去到萨波隆尼埃。

　　德卢什现在住在老南赛他那个当包工头的叔叔家里。用不了多久，他就能自己当老板了。他经常来看我。在德·加莱小姐的恳求下，莫纳现在对他非常客气。

　　这也是为什么下午四点左右来参加婚礼的人都走了，我俩

---

① 　法文是 Saint-Benoist-des-Champs，此处为音译。但从意思上来讲，应该是"田间圣伯努瓦"。法国类似的地名还有 Saint-Benoist-sur-Mer，指的是"滨海圣伯努瓦"，Saint-Benoist-sur-Vanne，指的是"旺河畔圣伯努瓦"。"田间""滨海""旺河畔"都跟这些村落附近的地貌有关系，当地人会简称为"圣伯努瓦"。故后文中有时会用到"圣伯努瓦"，指的都还是圣伯努瓦德尚村。

还在那里晃悠。

婚礼在中午进行，没有大肆声张。地点就设在萨波隆尼埃那座没被拆掉的老教堂里，附近山坡上的冷杉林将那里的风景遮住了大半。匆匆吃过午饭后，莫纳的母亲、索雷尔先生、米莉、弗洛伦廷以及其他客人都坐上了车，只剩下亚思曼和我……

我们俩就在萨波隆尼埃那栋房子后身的树林边上溜达。这林子周围从前也有属于庄园的建筑，如今都推倒了，成了一大片荒地。不知为何，我俩内心都十分不安，但谁也不肯承认这一点。闲逛途中，我们在这儿找一找野兔的窝，去那儿瞅一瞅沙地上兔子刚留下的爪印；又或是一根设好的套索，一枚盗猎者的足印……我们想着能借此消愁解闷，结果却只是枉然：我们总是又转回到树林边上，望向大门紧锁的房子，那里面静悄悄的……

正对着冷杉林的大窗子下方，有一个木质阳台，其间杂草丛生，被风吹得东倒西歪。一束光映在窗玻璃上，像是点亮了烛火，不时有一个人影闪过。四下里，周边的田野也好，菜园子也好，包括原先附属建筑中仅存的那座农场在内，全都静悄悄的，孤孤单单。为了庆贺主人大喜，佃户们也都去了镇上。

时而有风吹来。风中夹杂着雨一样的水汽，打湿了我们的脸，还带来了若有似无的钢琴声。那座紧闭的房子里，有人在弹琴。我停住脚，默默听了一会儿。那乐声初听时似远方飘来，颤抖着，几乎不敢唱出内心的喜悦；再听时，又像小女孩儿在笑，她把自己房间里的玩具全都找了出来，挨个儿摆在朋友面前。我仿佛还看到一个满心欢喜的女人，她穿了一件漂亮的连衣裙给人家看，却又战战兢兢，不知是否会讨人喜欢。这首我没听过的曲子也像是在诚心祈求，在对着幸福行跪拜之礼，唯愿幸福不要太过残忍……

我心道："他们终于得到了幸福。莫纳就在那里，在她身旁……"

对我这样的老实孩子来说，能够知晓并确认这一点，就已心满意足了。

这一刻，来自平原的风，如同大海里的飞沫一般，吹得我满脸湿漉漉的。我正独自出神，突然感觉有人碰了碰我的肩膀。

亚思曼低声说："听！"

我看向他。他示意我不要动，而他自己则歪着脑袋，皱起眉头，听着……

第八章　弗朗兹的呼唤

"噢——呜！"

这下子我听到了。那是一个信号，一种呼唤，一高一低两个音符，我以前曾经听过……啊！我想起来了：那个大个子马戏演员就是这样在学校大门口呼喊他年轻的同伴的。弗朗兹让我们发过誓，无论何时何地，只要听到这声呼唤，都必须对他言听计从。然而这种时候，在这个地方，他要提什么要求呢？

"声音来自左边的大冷杉林，"我小声道，"八成是个偷猎的。"

亚思曼摇摇头说："你很清楚那不是。"

紧接着，他压低了嗓门儿："这两人从一大早起就在附近了。十一点的时候，我撞见过加纳什，他正在教堂附近的田野里盯梢。他一瞟见我，掉头就跑。他们俩可能是打很远的地方骑自行车过来的，因为他浑身上下都是泥巴，连后背上都有。"

"他们想干什么？"

"我不知道。不过可以肯定的是，我们必须把他俩赶走，绝对不能让他们四处晃荡。不然的话，又要出乱子了。"

我和他的看法一样，但我并没有说出来。

"最好，"我说，"还是找到他们，看看他们想要什么，跟他们讲一讲道理。"

我们弓着腰，慢慢地、悄悄地穿过树丛，一直溜到大冷杉林。那儿每隔一会儿就会传来一阵悠悠的哭声。虽然听起来并不那么悲伤，可我俩都觉得，这是一个不祥之兆。

这片冷杉被栽种得整整齐齐，人们一眼便可以望到林子深处。想要在这里吓唬别人，或是往里面走的时候不被发觉，实在很难办到。我俩也不打算这样尝试。整片林子呈长方形，我守在了其中一个角，亚思曼去了对角线方向。这样一来我俩就可以从外面分别守住两条边，甭管哪个波西米亚人想跑出去，我们都能出声唤住他。这一切安排好后，我就开始扮演起负责讲和的侦察兵。

我大声喊："弗朗兹！弗朗兹，别怕！是我，索雷尔。我想跟您聊一聊。"

然而，一点儿动静也没有。我正打算再喊两声。这时，在树林中央、我不能完全看清的地方，一个声音喝道："待在原地，他会去找您。"

从远处看似茂密的冷杉林里，慢慢走出一道年轻的身影。

他浑身上下满是泥垢，一身衣裳破破烂烂，裤腿用自行车车夹夹得紧紧的，头上戴了顶老旧的船锚帽，压住了他那长长的头发。现在我看清了他瘦削的脸庞，他似乎刚哭过。

他坚定地朝我走来。

"您想干吗？"他摆出一副咄咄逼人的架势问道。

"那您呢？弗朗兹？您来这儿做什么？您为何要打扰别人的幸福？您想要什么？您说吧。"

被我这么单刀直入一问，他的脸突然涨红了，结结巴巴地回了一句："我不幸福，我，我不幸福啊！"

说罢，他把头埋进胳膊，靠着一棵树干，伤心地号啕大哭起来。我们朝冷杉林深处走了几步。这里万籁俱寂，高大的冷杉树把四周挡得严严实实，就连一丝风声也没有。排列整齐的树木之间，只有年轻人压抑的啜泣声，那声音时高时低。一直等到他情绪逐渐平静下来，我才把手放在他的肩头，说道："弗朗兹，跟我来。我带您去见他们。您就是他们朝思暮想的孩子，他们一定会接纳您。一切都将结束。"

可他什么也听不进去，自顾自地说道："所以说，莫纳不再管我了？为什么我喊他，他不回应？他为什么不信守诺言？"因为刚刚哭过，他的声音闷闷的。他的不幸、他的执拗、他的愤怒，也全都听得出来。

"可是，弗朗兹，"我回击道，"我们已经过了孩子气的年纪，不能再随心所欲。别再发疯了，别把幸福从您所爱之人手中夺走，那是属于您妹妹和奥古斯丁·莫纳的幸福啊！"

"但能救我的只有他一个，这一点您很清楚。只有他能找到我要找的踪迹。我和加纳什已经找了快三年，我们找遍了整个法国，始终一无所获。我原本寄希望于您的朋友，现在他却不搭理我。他已经找回了他自己的爱情，为什么不能为我考虑一下呢？他该上路了。伊冯娜会让他走的……她从来没有拒绝过我任何事情。"

他把脸露了出来。这是一张大男孩儿的脸，仿佛吃了败仗似的无精打采。泪水从他脸上的灰尘和泥土上留下一道道肮脏不堪的沟壑。他眼睛周围长了许多雀斑，下巴处的胡子乱蓬蓬的，头发也已太长，堆在脏兮兮的领子上。他双手插在口袋里，浑身瑟瑟发抖。几年过去了，他变得不修边幅，早已不再是那个高高在上的小王子。然而，内心深处的他兴许比从前还要像个小孩儿：蛮横、任性、喜怒无常。眼前的这个男孩儿一天天地变老，却还如此幼稚，真让人难以忍受。过去，他身上洋溢着青春的骄傲，无论怎样疯狂，似乎都能得到容许。如今，他这样的传奇少年并没有走向人生的坦途，起初尚能博得些许同情，到后来便只能备受指责：不该这般醉心风花雪月，不该这样荒诞不经……我甚至不由自主地联想到，我们这位英俊潇洒、为爱而活的弗朗兹，大概像他的同伴加纳什一样，也少干不了偷鸡摸狗的营生。怎样的目空一切才能把一个少年一步步引入今天这般田地！

"如果我答应您，"我思考良久，终于还是说，"莫纳过几天会为您动身，独独为了您，这样如何？"

"他会成功的，对吗？您相信他吗？"他咬着牙问道。

"我相信。有了他，一切就有了可能。"

"那我怎么能知道呢？谁来告诉我？"

"一年后，您回到这里，就现在这个时间。那时您就会看到您心爱的那个姑娘。"

说这句话的时候，我并没想过要去惊扰那对新婚夫妇。我想着，自己可以去穆瓦奈尔姨婆那儿探听消息，再抓紧找到那姑娘。

波西米亚人盯着我的眼睛。他眼中流露出的那种信赖之情，令人心惊。十五岁，依然还是十五岁的那个他！正是十五岁那年，在圣－阿加特打扫教室的那个晚上，我们三人许下了那句可怕的、孩子气的誓言。

"好吧，我们要走了。"当他不得不说出这句话时，绝望再次席卷而来。他望了望周遭的树林，又要离开这里了，他心里定然万分难过。

"三天后，"他说道，"我们就启程去德国。我们把车子停在了很远的地方，不眠不休地走了三十个小时。我们本想着，要在婚礼之前及时赶到，好带走莫纳，像他曾经寻找萨波隆尼埃庄园那样，一起去找我的未婚妻。"

随后，他又变成了那个可怕的小孩子，一边走，一边说道：

"去叫您的德卢什吧，要是让我遇着他，那他就完蛋了。"

　　我看着他灰色的身影逐渐消失在冷杉林中……我把德卢什唤了过来。差不多就在我们二人准备一起继续放哨的时候，不经意间瞥见房子那边的奥古斯丁正在关百叶窗。我们俩都注意到了他那副古怪的样子。

第九章　幸福的人

　　晚些时候，我从点滴细节中了解到了那边发生的所有事情……

　　下午才刚刚开始，萨波隆尼埃的客厅里就只剩下莫纳和他的妻子——我至今仍唤她德·加莱小姐。所有的客人都走了。年迈的德·加莱先生推开了大门，开门的那一瞬间，大风一下子灌了进来，发出呜呜的吼叫。他去了老南赛，晚饭的时候他才会回来，顺便将家里都锁好，还得给佃户们安排点活儿。在那之前，他不会再现身。现在，外边的声音一丝也传不到这对年轻人耳中了，唯有一枝掉光了叶子的玫瑰花枝在一下一下地敲打着田野那边的窗户。这对情侣就像乘着一只随风飘荡的小船，纵然寒风呼啸，却有幸福将他们紧紧包围。

　　"火快灭了。"德·加莱小姐说着便要去箱子里头取一块柴火。

　　莫纳抢先一步，拿起块木柴扔进火里。

　　他牵起女孩儿伸过来的手，两个人面对面站在那里，仿佛被一个无法宣之于口的重要消息压着，相顾无言。

　　大风呼呼地咆哮，宛如决堤的河水一般。不时有一滴水珠斜斜地落在窗户上，如同落到飞驰的列车门上，只在玻璃上留下一道道水痕。

　　女孩儿松开手走了。她拉开走廊的门，消失了，留下一个神秘的微笑。莫纳独自一人在昏暗中待了一会儿。一只小小的座钟嘀嗒嘀嗒地走着，他想起了圣－阿加特的餐厅。他或许在想："这就是我苦苦寻找的房子。这条走廊上曾经到处都充斥着窃窃私语，连着奇奇怪怪的通道……"多半就是此时，他听到了弗朗兹的第一声呼喊。那叫声就在房子附近，德·加莱小姐后来告诉我，她也听到了。

　　年轻的妻子拿来一堆珍贵的物件给他看。有她还是小女孩儿时的玩具，也有她孩童时代的所有照片：她打扮成女招待，和弗朗兹一起坐在妈妈的膝盖上，他们的妈妈真是个美人……她还保留了小时候穿过的几件乖巧可爱的连衣裙："您瞧，我穿这件的时候，您就快认识我了，我想您已经去了圣－阿加特读书……"只是这一切都是枉然，莫纳什么都看不进去，什么也听不进去。

　　有那么一瞬间，他似乎想到了自己那不可思议的巨大幸福，稳住了心神。"您在这里，"他说话时声音喑哑，仿佛单单只是说话也会令他头晕目眩，"您从桌旁走过，您的手在上面放了片刻。"

他又说道："我母亲还是个少妇的时候，常常也是这样微微俯下身子同我说话，当她弹琴的时候……"

于是，德·加莱小姐提议，趁着天还没黑，再弹会儿钢琴。但其实客厅这个角落已经暗了下来，他们只好点亮一支蜡烛。烛光透过玫瑰色的灯罩映在年轻姑娘的脸庞上，她的两颊愈发红了。这正是她焦灼不安时的样子。

树林那边的我开始听到风中飘来的颤抖的乐曲声。不过，这乐曲声很快就被打断了。那两个疯子走进了冷杉林，靠近了我们，叫出了第二声。

莫纳就这样听着年轻姑娘弹琴，听了很久很久。他一边听着，一边静静望着窗外。有好几次，他转过身，看向那张温柔、娇弱却又苦恼的脸。过了一会儿，他径直走到伊冯娜身边，把手轻轻搭在她的肩头。她感受到了脖子周围轻轻的爱抚。对此，她本应回应。

"天黑了，"他终于还是开口，"我去关窗。您的琴声别停……"

那颗晦暗、孤寂的心里当时发生了什么？我时常问自己这个问题，等到知晓答案已为时太晚。是未知的悔恨？是莫名的遗憾？是害怕他紧紧攥着的那难得的幸福眼睁睁从手中消失吗？还是那可怕的念头，引诱着他将这刚刚得到的美好转头就弃之不顾？

　　他又看了年轻的妻子一眼，继而慢慢地、轻轻地走了出去。我们在林子边上看到了接下来发生的一切。他犹犹豫豫地关了第一扇百叶窗。关另一扇的时候，他眼神茫然地看了看我们的方向。紧接着，他一下子迈开腿，朝我们这边奔跑而来。我们根本连思考如何躲藏的时间都没有，他便已然到了我们附近。眼看他就要跨过草地边上一道新搭起的小篱笆，这时，他瞧见了我们。他往旁边躲闪了一下。我至今仍记得他那慌慌张张的样子，像极一头被追得走投无路的野兽……突然，他佯装往回走的模样，打算从小溪那边跨过篱笆。

　　我喊他："莫纳！……奥古斯丁！……"

　　他却头也不回。我相信只有一个法子能留住他，于是叫道："弗朗兹来了，你停下！"

　　"他来了！他要什么？"他终于停下了脚步，纵然气喘吁吁，仍旧直截了当地向我发问，不给我留任何组织语言的时间。

　　"他不幸福，"我答道，"他来求你帮忙，帮他找回他曾失去的。"

　　"啊！"他说着低下头去，"我猜得没错。我试过放下这个念头，可惜还是白费了。他在哪儿呢？快说。"

　　我跟他说，弗朗兹刚走，现在已经不可能再追上他。莫纳听了大失所望。他踌躇不前，走了两三步，又停了下来。他看上去是那样迟疑不决、伤心欲绝。我告诉他，我以他的名义对那个年轻人做出了什么承诺。我还说，自己和对方约定，一年后在同一个地方见面。

奥古斯丁从来都是那么冷静，这会儿却罕见地呈现出一种紧张焦虑、极不耐烦的神态。

"啊！干吗做这些！"他嚷嚷道，"没错，我能救他。可那得是立刻、马上！我得见着他，告诉他，让他原谅我，让我来补救一切……否则我就不能再去那里了……"

他扭头看向萨波隆尼埃那座房子。

"所以，"我说，"就为了向他许下的一个孩子气的诺言，你就要亲手毁掉你自己的幸福？"

"啊！如果仅仅是个诺言就好了。"他答道。

我方才明白，原来还有别的什么东西牵绊在这两个年轻人之间。我却猜不出那是什么。

"不管怎么说，"我说，"就算跑也来不及了，现在他们已经在去往德国的路上了。"

他正要张口回答，一张披头散发、失魂落魄的脸庞出现在我们中间。是德·加莱小姐。她一脸汗水，大抵是一路跑着过来的；八成还摔了一跤，受了伤，因为她右眼上方的额头处擦破了一块皮，发丝上沾着血渍。

我曾在巴黎的贫民区见到过一对夫妇。他们看上去甜蜜恩爱，相处和睦，是户正经人家。就是这样一对夫妇，突然间冲到了街上，打得不可开交。警察来后才把两人拉开。争吵爆发在顷刻之间，谁也说不清究竟是何时，可能是坐下用餐的一瞬间，可能是周日出门的时候，也有可能是庆祝小男孩儿生日的那一刻……此时，两人已经把一切都抛之脑后，恨不得玉石俱焚。男人和女人在这场闹剧中成了两个可怜的恶魔。孩子们却泪眼汪汪地扑向他们，紧紧抱住他们，求他们收声，别再打架。

德·加莱小姐跑到莫纳身边的时候，我眼前浮现的就是那些孩子，那些张皇失措的可怜孩子。我相信，哪怕所有朋友、整个村子、全天下的人都看着她，她还是会跑来，就这样跌跌撞撞，哭哭啼啼，披肩散发，衣衫褴褛。

等她明白过来，莫纳还好好地在这里，至少这一次他不会将她抛下。她挽住他的胳膊，忍不住破涕为笑，如同小孩子一般。他们谁也没说话。不过，当女孩儿掏出手帕时，莫纳从她手中轻轻接了过去，小心翼翼、仔仔细细地为她擦去发上的血渍。

"现在该回去了。"他说。

我目送着两人离去。冬日傍晚的疾风一下下抽打在他们脸上。遇到难走的地方，他伸手去扶她。她嫣然一笑，加快了步子。他们的家就在前方，他们丢下它已经有一会儿了。

第十章 "弗朗兹之家"

　　前一天的风波虽然得以顺利化解，我却放不下心，一种莫名的担忧始终压在胸口不肯散去。第二天一整天，我都得待在学校里。傍晚自修课一结束，我就即刻出发前往萨波隆尼埃。等我赶到房舍前那条栽满冷杉树的小径时，天色已经渐暗，所有的百叶窗都已合上。这才是婚礼后的第二天，时间又不早了，我就这样贸然出现大概会遭人嫌。于是，我便沿着花园蹑到旁边的地里，一直溜达到很晚。其间，我始终盼着，能见到哪个人从那座紧闭的房子里走出来。但我的希望落了空。就连邻近佃户的农舍里也没有任何动静。我只得回了家，脑子不受控制地尽往坏处想。

　　接下来这天是个周六，我依旧坐立不安。向晚时分，我披上披风，拿起拐杖，匆匆忙忙前往萨波隆尼埃，随身还带了一块面包，以备路上吃。待我赶到的时候，天色又黑了下来。和前一晚一样，所有门窗都紧闭着。二楼虽有一丝灯光，但没有声音，也没人走动。不过这一次，我从佃户家的院子里看到，农舍的门还开着，大厨房里生着火。我还依稀听到了喝汤时候常发出的那种声音，以及脚步声。这虽给不了我任何信息，却让我放下心来。我同这些人既没法说些什么，也不好问些什么，唯有回去继续守着。我心里一直在想，大门会打开，奥古斯丁高大的身影终会出现。结果又是白等一场。

直到周日下午，我终于下定决心去按响萨波隆尼埃的门铃。当我爬上光秃秃的山坡，冬日里晚祷的钟声自远处响起。我感受到了莫名的孤独，内心一片荒凉，不好的预感向我袭来。因此，当我按下门铃，见到只德·加莱先生一人前来应门时，并没觉得奇怪。他悄声告诉我：伊冯娜·德·加莱正发着高烧卧病在床，莫纳应该是周五一大早就出了远门，没人知道他何时回来……

老爷子神情窘迫，满脸忧伤，没有请我进屋，于是我赶紧向他辞别。门关上后，我在台阶上愣了一会儿，一颗心揪着，全然不知所措。不知何故，这时，我看到一枝干枯的紫藤，在落日的余晖中凄凉地随风摇曳。

自打去了巴黎，莫纳身上就背负起不为人知的悔恨。到头来，这悔恨终于还是压倒了一切，逼着我这大个子伙伴不得不放弃他那得之不易的幸福……

每个周四和周日，我都会来询问伊冯娜·德·加莱的情况。

231

直到有天晚上，她的病情终于有了好转，让人请我进去。我走进客厅时，她正坐在炉火旁，身后那扇大大的落地窗正对着田野和树林。她并非我想象中那般脸色苍白，面颊上反倒有两团红晕，像是仍发着高烧，神色异常激动。尽管她看上去还很虚弱，却穿戴得整整齐齐，好似准备出门。她不怎么开口，可她说的每一句话都格外用力，似乎想向自己证明，幸福尚未消逝……我已记不清我们都说了什么，只记得自己最终还是支支吾吾地问起，莫纳何时归来。

"我不知他何时能回。"她飞快地答道。

她眼中露出一丝绝望的哀求，我也就不再多问。

我时常回来探望她，时常跟她一起坐在炉火旁聊天。那间低矮的客厅里，黑夜要比旁的任何地方来得都早。她从不谈论她自己，她的痛苦被藏得严严实实，却总让我从头到尾一遍又一遍地讲述我们在圣－阿加特度过的学生时代，怎么听都听不够。

她认真地、静静地听着我们长成大孩子后经历的种种琐事。她那股关心的劲儿，甚至不亚于一位母亲。听了我们干的那些胆大妄为、危险重重的蠢事，她也从未表现出丝毫惊讶。她是那样温柔体贴，这一点像极了德·加莱先生。所以，之于她哥哥做出的那些可悲可叹的冒险举动，她也毫无厌烦之意。我想，过去唯一让她觉得遗憾的，怕是没能成为她哥哥的贴心人吧！否则他也不会在心理崩溃之际，自以为求助无门，谁都不敢告诉，竟连她也不例外。想到这里，我发觉，这年轻姑娘的肩头压着沉沉的担子：支持一个像她哥哥那样失去理智、异想天开的人，是一件极不容易的事情；攫获我的朋友大个子莫纳那样一颗爱冒险的心，又是一桩苦不堪言的差事。

她是个有信念的人，所以，她愿意相信她哥哥那些幼稚的梦想；她还是个用心之人，所以，哪怕她哥哥到了二十岁仍活在一场梦里，她也要把这场梦里的一点一滴都妥善保存。后来有一天，她向我证明了这份信念与用心，如此感人至深，近乎最伟大的奇迹。

那是四月的一个夜晚，惆怅得叫人想起了秋末。一个月来，我们走过了温暖的早春时节。在德·加莱先生的陪伴下，年轻姑娘恢复了远足的爱好。这一天，老爷子觉得身体疲惫，而我恰好闲着，她便让我陪她散步，也不管暴雨将至。我们刚从萨波隆尼埃走出四里地，沿着池塘漫步，突然狂风肆虐，冰雹夹杂着雨点从天而降。我们躲到了一个遮阳篷底下。冰冷的风吹在我们身上，我们俩肩并肩站立，各自出神地望着眼前的风景一点一点没入黑暗。我至今仍记得她那时的模样：一身朴素、柔软的连衣裙，一张脸憔悴煞白，一颗心饱受煎熬。

"该回去了，"她说道，"我们出来很久了。会不会出什么事？"

然而，令我诧异的是，等我们终于能从避雨处离开，年轻姑娘非但没有往萨波隆尼埃折返，反倒继续往前走，还让我随她一起。我们走了很久很久，在一座我不认识的独栋房子前面停了下来——沿着旁边那条坑坑洼洼的小路，大概能走到普雷沃朗日。那是一座有钱人家的小楼，青石屋顶，看上去与我们当地常见的房子并无二致，只是有些偏远、荒凉罢了。

看到伊冯娜·德·加莱那熟门熟路的模样，人们或许会把我们认作这房子的主人，以为我们只因出门远游，将其闲置了很久。她俯下身子，打开一扇小栅栏门，焦急地细细察看。这地方没有半点烟火气，宽敞的院子里杂草丛生。冬天快要结束的时候，那些难熬的漫漫长夜里，孩子们八成会来这儿玩耍。院子的地面被暴雨冲刷出无数道水沟，一只铁环躺在一片水洼中。小花园里，孩子们撒了些鲜花和豌豆的种子，大雨过后，只剩下一条条白色碎石般的痕迹。最后，我们在一个潮湿的门槛后发现了一整窝小鸡。它们被大雨浇得透透的，一个个蜷缩在母鸡僵硬的翅膀和凌乱的羽毛之下，大半都死了。

见到这凄惨的一幕，年轻姑娘低吟一声。她弯下腰，把仍活着的小鸡一只只挑出来，拿大衣的下摆裹住它们，丝毫不在意四处的泥水。接着，她拿出钥匙，我们进了屋。一阵大风猛地灌入狭长的走廊，呼啸而过。走廊两边共开了四扇门。伊冯娜·德·加莱推开我们右手边的第一扇门，把我领了进去。这是一间昏暗的卧室，我摸索了一小会儿才看清楚，里面有一面大镜子和一张小床，床上按照乡下的风俗铺了一条红绸面的鸭绒被。她又去其他房间寻摸了一圈，回来时挎着一个铺满羽毛的篮子，那些病恹恹的小鸡都在里面。她小心翼翼地把这篮子放在了鸭绒被底下。这时，天边出现一缕微光，这是这一天的第一缕阳光，也是最后一缕，衬得我们的脸色愈发苍白，夜色更加灰暗。我们浑身冰冷、难受地站着，在这座古怪的房子里！

每过一会儿，她就去看几眼那个暖烘烘的鸡窝，将刚死掉的小鸡拿出来，生怕剩下那几只也跟着遭了殃。而每次我们都觉得，仿佛有什么东西在默默哀叹，像是顶楼破碎的玻璃窗里灌入了一股风，又像是某些陌生的小孩儿不知为了什么而忧伤。

"这里就是，"我身旁的人终于开了口，"弗朗兹小时候的家。他想拥有一所独属于他自己的房子，离所有人都远远的。他可以在里面玩耍嬉戏，按照自己喜欢的方式生活。我父亲觉得他这个念头不同寻常，也特别有意思，所以就没有拒绝。不管是周四，还是周日，只要弗朗兹愿意，他想什么时候过来就什么时候过来。他就像个大人一样住在这里。附近农场的孩子们都来找他玩，还帮他收拾家务，打理花园。到了晚上，他自己一个人睡觉也不觉得害怕。我们实在太佩服他了，谁也没有想过要替他担心。"

她叹了口气，继续说道："这房子到现在已经空置了很久。德·加莱先生上了岁数，再加上伤心过度，所以从来不去找我的哥哥，也不派人传话给他。他又能怎么办呢？我常常过来这边，周围农户的孩子都和从前一样过来玩耍。我老爱把他们当成弗朗兹的老朋友。我总想着，弗朗兹自己也还是个孩子，他很快就能带着自己的心上人回来。这些孩子跟我很熟，我会和他们一起玩。这窝小鸡崽就是我们一起养的……"

那些她绝口不提的巨大伤悲，那些失去哥哥的深深遗憾——那样疯狂、那样迷人、那样令人羡慕的哥哥，一直等到这场大雨倾盆而下，等到那幼小生命逐渐陨灭，她才终于一一向我倾诉。我始终一言不发地听着，心中满是酸楚……

一扇扇门逐一关上，栅栏门也关了，小鸡全都被放回房子后头的窝棚里。她难过地挽起我的胳膊，跟着我离开……

几个星期过去了，几个月过去了。时光流转，幸福已逝！我那伙伴杳无音讯，这个被少年的我们视作仙女、公主和神秘爱情的姑娘，理应由我挽起她的手臂，抚慰她的忧伤。那段时间里，每天晚上从圣伯努瓦德尚村放学后，我都会和她一起散步聊天。只是，那时唯一应该谈论的话题，我们偏偏决意避而不谈。所以，直到如今，关于这段时光我还有什么好说的呢？我能够模模糊糊记起的，只有她那张美丽、瘦削的脸。那双眼睛一看到我，眨两下就慢慢低垂下去，仿佛除了自己的内心已经什么也看不到了。

我一直是她忠实的伙伴，陪着她完成那无法言明的等待。我们度过了整整一个春天，又过了整整一个夏天。这样的时节大约不会再有了。有好几次，我们趁着下午回到弗朗兹的家。

她会把所有的门窗全部打开透气，确保等到那对年轻夫妇回来的时候，什么都不会发霉。她还会给窝棚里那些快要变野的家禽喂些饲料。到了周四或者周日，我们还招呼附近的乡下小孩儿一起做游戏。每当欢声笑语响起，那栋被人遗弃的小房子便愈显荒凉、空旷。

第十一章　雨中的交谈

八月放了暑假，我离开了萨波隆尼埃和伊冯娜·德·加莱。两个月的假期里，我都要待在圣－阿加特。我又见到了那个燥热的庭院、风雨操场、空荡荡的教室……这一切都在向我诉说着大个子莫纳，这一切也都在呼唤我们那早已逝去的时光。从前莫纳没来时，我成天待在档案室里，在那段漫长、昏黄的日子里，我同样把自己关在了空无一人的教室里。我读着，写着，回忆着：父亲去远处钓鱼了；米莉和过去一样，在客厅里缝缝补补，弹弹钢琴；教室寂静无声，只剩下那一顶顶被撕得粉碎的绿色纸冠，一张张用来包装书籍奖品的花纸，还有那擦拭得一尘不染的黑板……它们都似乎在宣告，一个学年已经结束，奖励也已颁发。这里的一切也都在等待，等秋天来临，等十月开学，等着见证新的努力。我也不禁觉得，我们的青春已然结束，幸福已然错过；我也在等待，等回到萨波隆尼埃的那一天，等奥古斯丁回来的那一天，而他，可能永远不会回来了……

不过，当米莉终于开口问起那位新婚姑娘，我倒是有好消息跟她宣布。我素来害怕她问我问题。其实，她从来没有恶意，只是问的方式不免刁钻，能够直指对方灵魂深处最隐秘的角落，三两句就令人陷入难堪的境地。所以我干脆打断了她的问话，直接告诉她，我朋友莫纳的年轻妻子十月就要成为一位母亲了。

那一刻，我回想起了伊冯娜·德·加莱让我知晓这桩大事的那个日子。当时，我们两人间曾出现过片刻的沉默。站在我的角度来说，作为一个毛头小伙，我是觉得有些不好意思的。为了缓解这份尴尬，我不假思索地说："想必您非常开心吧？"话已出口，我方才想到，这样一说又会勾起她的种种伤心事来。

但她内心却毫无波澜，伤感、懊悔、怨恨，统统都没有。她脸上反倒洋溢起幸福的微笑，回答说："是的，非常开心。"

假期还剩最后一周。照例，这会是最美好、最诗情画意的一周：大雨连绵不断，屋子里开始生火取暖，我会去老南赛，去黑暗潮湿的冷杉林里打猎。这一次，我却收拾行囊，准备直接回圣伯努瓦德尚村。若是去了老南赛，费尔曼、我婶婶朱莉，还有我那帮堂姐妹们一定会问一堆我不愿意回答的问题。所以，我干脆放弃了那令人陶醉的七天乡间狩猎生活，在距离开学还有四天的时候，回了学校。

我到学校住处时还未入夜。院子里铺了一层厚厚的黄叶。车夫驾马车离开后，我坐在充满回声的餐厅里，闻着"霉味"，闷闷不乐地拆开了妈妈为我准备的一包食物……我内心焦灼不安，凑合吃了点东西后便穿上披风出门散步。结果走着走着，我直接走到了萨波隆尼埃附近。

我无意在回来的头一天就不请自来。但是比起二月来，我的胆子大了许多。围着整个庄园转了一圈后，我看到只有伊冯娜那间屋子里还亮着灯。于是，我翻过房后花园的围栏，找了一张长椅坐了下来。我身后那一丛篱笆，在暗夜中影子越拉越长。这世间最让我牵肠挂肚的人，近在咫尺。单单这样待在这里，已让我欣喜万分。

黑夜来了，下起了蒙蒙细雨。我低下头，眼见着自己的鞋子一点一点被打湿，闪起了水光。黑影慢慢将我包围，一阵寒意袭来，却没有惊扰我的遐想。我想象着，同是这样九月末的晚上，圣－阿加特那泥泞的小路；我想象着，那薄雾弥漫的广场，那吹着口哨走向消防队的屠夫孩子，那亮着灯的咖啡馆，那一整车撑着雨伞的快活的人儿在假期结束前抵达弗洛伦廷叔叔家……这一幅幅画面，温馨又凄凉。我难过地自言自语："这样的幸福又有何用？我的伙伴莫纳不能去，他年轻的妻子也不能……"

就在这时，我抬起头，看见她离我只有两步之遥。她的鞋子踩在沙子上声音很轻，同雨滴落在篱笆上的声音混在一起。一张大大的黑色羊毛方巾裹住了她的脑袋和肩膀，细雨将她的头发粘在了额头上。她房间的窗子正对着花园，估计就是从那儿瞥见我后过来的。换作我母亲看着眼下这情形，也定会像从前担心我、找我时那样，跟我说句"该回家了"。可伊冯娜·德·加莱却对在这雨夜散步起了兴致，只轻声说了句："你会着凉的！"然后，陪着我聊了很久很久……

她伸出一只温暖的手拉起我，但并没有把我领进萨波隆尼埃，而是找到一张长满青苔的灰绿色长椅，在不太潮湿的那一端坐了下去。我站立着，一只膝盖顶着这张长椅，俯身听她说话。

她先是柔声埋怨我缩短了假期。

我回答说："我得早点回来陪着您。"

"确实，"她叹了口气，低声喃喃，"我仍是一个人。奥古斯丁还没回来……"

我把这声叹息当成了懊恼，以为她咽下了责备的话语，于是缓缓说道："他的灵魂是那样高贵，可惜却又那样疯狂。也许他热爱冒险，胜过一切……"

这位年轻姑娘却打断了我。就这样，在这个地方，这个晚上，她第一次，也是最后一次跟我说起了莫纳。

"别那样说，"她轻轻说道，"弗朗索瓦·索雷尔，我的朋友。错的是我们，是我自己。想想我们都做了什么……我们告诉他：'这就是幸福，这就是你耗尽整个青春所寻找的，这就是你梦寐以求的那个姑娘！'我们就这样一直推着他往前走，叫他如何不犹豫？如何不担心？如何不恐惧？叫他如何不生出逃跑的念头？"

"伊冯娜，"我小声说，"您知道，明明您就是那个幸福，那个姑娘。"

"啊！"她叹道，"我怎么会有过这般自以为是的想法？这种想法就是造成这一切的祸根。我曾跟您说，'或许我也帮不上他'。我内心深处想的却是：'既然他想方设法寻找过我，既然我爱他，或许我能让他幸福。'然而当我看到，他在我身边依旧无法平静，始终心事重重，不知悔恨着什么，我才明白，自己不过是个可怜的女人罢了，就和其他人一样……

"我们新婚那夜刚刚过去，天才蒙蒙亮，他就一再跟我说：'我配不上您。'我试着安慰他，让他安心，可说什么也平息不了他的苦恼。我只得说：'如果您说，您必须得走；如果您说，我来到您身边的时机不对，什么都无法让您快乐；如果您说，您不得不离开我一段时间，心情平静后方能回来找我……那么，换我说吧，我求您，您走吧……'"

黑暗之中，我看到她抬起双眸，望着我。她像是对着我做了一次忏悔，现在正焦急地等着，等着看我究竟会赞同她的做法，还是会予以谴责。我又能说什么呢，没错，我脑海深处又浮现出从前的那个大个子男孩儿：不善言辞，不爱交际，宁愿接受惩罚也不愿意替自己辩解，哪怕一定会获得准许也不愿张嘴求人。也许，伊冯娜就应该对他粗暴一些，双手捧住他的脑袋，坚定地告诉他："您做过什么又有什么关系？我爱您。每个人都有罪，不是吗？"也许，她不应该因自己的慷慨大方、自己的牺牲精神，就这样放任他踏上冒险的旅程……可是，面对这样的满心善意、满腔真情，我又如何能够出言否定？

我们心乱如麻，沉默了许久，只听见冰冷的雨水滴落到篱笆丛中，落在树枝上。

"就这样，他一早就走了。"她又接着说道，"从此，再也没有什么能把我们分开。他轻轻吻了我一下，像丈夫远行前作别年轻的妻子……"

她站起身来。我握住她滚烫的手，又扶住她的手臂，两人一起走上林荫小道，步入无边的黑暗。

"那他从未给您写过信吗？"我问。

"从未。"她如是答道。

我们俩同时想到，他此刻正在法国或者德国的大道上奔波，过着漂泊不定的生活。我们于是开始谈论起他来，这在此前是从未有过的事。被遗忘的点滴细节、从前淡薄的印象……一齐涌入我们的脑海。我们慢慢往回走，每走一步，就停留好久，巴不得把自己的回忆一股脑儿悉数分享给对方……黑暗之中，我聆听着年轻姑娘优雅的声音。这声音在我耳边低语良久，一直陪着我来到花园门口的栅栏处。我心中沉睡已久的热情也被唤醒，与她滔滔不绝地说着弃我们于不顾的那个人，根本不知疲倦……

第十二章　重担

周一就要开始上课。周六傍晚五点左右，庄园那边过来个老婆婆，我当时正在学校院子里锯过冬用的木柴。她来是要告诉我，萨波隆尼埃诞下了一个女婴。分娩过程很不顺利。晚上九点的时候，他们不得不去普雷沃朗日请接生婆。到半夜十二点，又派了车去维埃松找大夫，连产钳都用上了。小女孩儿头部受了伤，哭闹得厉害，不过貌似活了下来。伊冯娜·德·加莱这会儿还非常虚弱，她遭了很多罪，但勇敢地挺了过来。

我丢下手中的活儿，跑着换上另一件短大衣。听到这些消息，我心里总归还是高兴的。我跟着这婆婆去了萨波隆尼埃。上二楼时，我小心翼翼地踩着那狭窄的木楼梯，生怕两个受伤的人儿不知哪个已经睡了。德·加莱先生就在二楼，他脸色疲惫，却洋溢着幸福。他请我进了一间卧室，那儿临时放着张摇篮，上面罩了一圈帐帘。

　　我从来没在婴儿出生当天就跑去别人家里。这一切在我眼中是那么新鲜！那么神奇！那么美好！这天晚上风清月朗，宛如夏夜，德·加莱先生也就放心大胆地将正对院子的那扇窗打开了。他倚在我旁边的窗台边，尽管已经累得不行，却还是愉快地将昨夜的情形娓娓道来。我听着他说话，恍惚间意识到，此刻，房间里除了我们，还有个陌生的人……

　　帐帘下的小东西哭了起来，发出一声尖锐的、长长的啼哭。德·加莱先生压低嗓音同我解释："是头上的伤害得她直哭。"

　　他不由自主地摇晃起那一小团帘子来——你能感觉得到，他从早上开始就一直在做这事，已经养成了习惯。

　　"她已经会笑了，"他说，"她还能抓住手指。您还没见过她吧？"

　　他拉开帐帘，我看到了一张红红的、胖胖的脸蛋，一颗小脑袋被产钳夹得变了形，看上去略长了些。

　　"不过不要紧，"德·加莱先生说，"大夫说了，自己就能好。把您的手指给她，她能捏住呢。"

　　我蓦地发现了一个全新的世界，心中涌起一种奇怪的喜悦，这感觉从未有过……

　　德·加莱先生小心翼翼地打开了女儿的房门，她还没有睡。

　　"您可以进去了。"他说。

　　她正躺着，脸烧得通红，金色的头发凌乱地披散着。她疲惫地笑了一下，朝我伸出了手。我称赞了她的女儿。她微笑着答道："是啊！他们却把她弄伤了。"她的声音有些嘶哑，还带着一种少有的粗暴——是刚下战场的人才有的那种粗暴。

我怕她累着，没待多久便离开了。

第二天是周日。下午，我兴高采烈地赶往萨波隆尼埃。到了门口，我的手已悬到半空，却见门上拿大头针钉着一张告示牌，上面写着：

"请勿按铃。"

我猜不出这是何故，用力地敲了敲门。只听里面传来闷闷的脚步声，有人跑了过来。一个我不认识的人为我开了门，是维埃松的医生。

"怎么回事，发生什么了？"我急切地问道。

"嘘！嘘！"他面露愠色，用极小的声音答道，"小女孩儿夜里差点儿死了，母亲的情况也很糟。"

我心里彻底乱了，随着他蹑手蹑脚地走上二楼。小女孩儿睡在摇篮里，脸上没有丝毫血色，煞白煞白的，如同死了一般。大夫还在想法救她。至于母亲，他没下任何定论。他把我当成这家人唯一的朋友，同我解释了大半天，说可能是因为肺充血、栓塞……他尚在犹豫，拿不准主意，德·加莱先生走了进来。短短两天工夫，他竟苍老了许多，一副魂不守舍、颤颤巍巍的样子。

他把我带进了卧室，但不太清楚自己在做些什么。

他口中喃喃："不能吓到她。大夫吩咐了，要让她相信，一切都很好。"

伊冯娜·德·加莱像前一天一样仰面躺着，浑身的血都涌到了脸上，脸颊和额头呈暗红色，两眼不时翻白，像极了突然窒息的人。她正以难以言喻的勇气和温柔来抵御死亡。

她说不出话来。哪怕这样，她还是朝我伸出了滚烫的手。面对这样的深情厚谊，我差一点儿就要哭出声来。

"好了，好了，"德·加莱先生大声嚷嚷着，"您看到了，作为一个生病的人，她的气色不算太坏！"他说话时语调欢快到让人害怕，像是陷入了癫狂。

我不知如何回答是好，唯有牢牢握住濒死女人那烫得吓人的手……

她极力想要同我说些什么，不知是想问我什么。她看向我，下一秒又把目光转向窗户，似乎是在示意，让我去外面找人。这时，她那骇人的病情又发作了，一下子喘不上气来；那双美丽的蓝眼睛方才还在悲切地呼唤我，此时又翻转了过去，露出眼白；她的两颊和额头开始发黑；她慢慢挣扎着，仿佛至死也要努力扼住心中的恐惧与绝望。这时，有人冲了进来——是医生和几个仆妇，他们手里拿着氧气瓶、毛巾、瓶瓶罐罐……老头儿扑到她身上大声呼喊："别怕，伊冯娜！会没事的。你不用害怕！"这一声颤抖的音调竟让人觉得，她似乎已经离他远去。

这之后，她的情况有所缓解，能够稍微喘上来两口气，只是依然有些呼吸困难，眼睛翻白，头向后仰着。她一直在挣扎，但已经坠入深渊，无力走出，无法看着我，无法同我说话，哪怕片刻也不行。

既然帮不上任何忙，所以我还是决定离开。再多待一会儿也并非不行。想到这一点，我至今仍感到深深的遗憾。那么，又是什么在催着我离开？我那时还抱有期望。我那时以为，一切不会来得那么快。

走到房子后头的冷杉林边时，我想起年轻姑娘看向窗户的那道目光。我就像哨兵和猎人那样，认真审视起这片林子的深处——这是奥古斯丁从前来时经过的地方，也是去年冬天走时经过的地方。唉！没有丝毫动静。一个可疑的影子都没有，一根晃动的树枝也没有。时间一点一滴地过去，我听到从普雷沃朗日过来的小路上传来微弱的铃声。没多久，拐弯处便出现了一个孩子，戴了顶红色无边圆帽，身穿校服外套，后面跟着个牧师……我咽下自己的泪水，走了。

接下去是开学的日子。才七点钟，院子里已经来了两三个孩子。我犹豫了很久，不知该不该下楼露面。等我终于现了身，正转动着钥匙打开那封闭了两个月的发霉的教室，我最担心的事情发生了：我看到个子最高的那个男生从风雨操场上玩耍的人群中间走了过来。他告诉我："昨天入夜时，萨波隆尼埃年轻的太太过世了。"

我眼前的世界天昏地暗，胸中涌起的万般滋味全部汇成了一种痛苦。对我来说，这时似乎再也没有勇气去上课。

　　单是穿过萧条的学校院子，就已经使我觉得，自己像折断了膝盖一般举步维艰。一切都难以忍受，一切都苦不堪言，因为她死了。假期结束了，世界一片荒芜。结束了，驾着马车漫无目的地驰行；结束了，神秘的聚会……从前是痛苦，如今还是痛苦。

　　我告诉孩子们，上午不上课了。他们三五成群地走向田间，把这个消息带给其他孩子。至于我，我戴上了黑色帽子，找了一件镶边礼服穿上，满心哀戚，朝萨波隆尼埃去了……

　　我站在了这幢房子前，我们三年前百般寻觅的房子！在这幢房子里，伊冯娜·德·加莱，奥古斯丁·莫纳的妻子，于昨夜去世。这荒凉的地方从昨天开始便沉寂无声，外乡来的陌生人见了，兴许会将这房子当成一座教堂。

　　这个晴好的早晨便是这样迎接新学年里的我们，如约而至的只有秋日的太阳。这叫我如何能不感到愤懑不平？叫我如何止住委屈，不让眼泪夺眶而出？我们找回了那个美丽的姑娘。我们得到了她。她成了我那伙伴的妻子。而我也爱她，如朋友般深深地、偷偷地爱着她，从不说出口。只是看着她，我便心满意足，如小孩子一般。也许有一天，我娶了另一个姑娘，我心底这桩重要的秘密才会有第一个聆听之人吧……

　　昨天的告示牌还挂在大门一角的门铃旁。棺材已经被人抬到了一楼玄关处。二楼的卧室里，孩子的乳母招待了我，一边同我讲述了她临终时的情形，一边轻轻地把房门推开一半：她就在那儿，再也没有高烧，再也没有挣扎，再也没有泛红的脸颊，再也没有期待的目光……有的只是沉默，被一团棉絮包裹着的那张脸，僵硬、惨白、毫无生气，那枯萎的额头露出了浓密、硬挺的头发。

德·加莱先生背对着我们，蹲在一个角落里，脚上没有穿鞋，只有袜子。他铆着一股吓人的劲头，在那些零乱的衣柜抽屉里头一通翻找。他不时抽出一张张泛黄已久的老照片，望着上面女儿的倩影，不禁号啕大哭，双肩如狂笑时那样不住地抖动。

葬礼就定在中午。医生担心栓塞后可能会加速尸体腐烂，所以在她整个身体包括脸部在内都裹上了一层用苯酚浸透了的棉絮。

已经有人给她换好了衣衫。那是件漂亮的深蓝色丝绒连衣裙，上面缀满了银色的小星星。那不时兴的漂亮灯笼袖，该平整的地方已经烫平，该出褶的地方也已弄皱。抬棺材上楼的时候，人们发现，走廊太过狭窄，根本转不了弯，需要用一根绳子把棺材从窗户外吊上来，再用同样的法子送下去。德·加莱先生本来一直低着头趴在一堆旧物里面寻找逝去的记忆，这时，突然态度极为强硬地插了进来。

"我宁愿，"他吼道，眼泪和怒气哽住了他的喉咙，"宁愿自己抱着她下楼，也绝不会让这种可怕的事情发生……"

　　他真的会这样做，哪怕走到半路体力不支，哪怕和她一起跌倒！

　　于是，我走上前去，做出了唯一可行的决定：由医生和一个仆妇帮衬着，我把一只胳膊伸到逝者背后，另一只放在她的腿下，将她抱进怀里。就这样，她坐在我的左臂上，双肩抵着我的右臂，低垂的脑袋歪倒在我的下巴下面，整个人沉沉地压在我的心口。我一级一级地慢慢走下长长的、陡峭的楼梯。与此同时，底下的人已经准备好一切。

　　很快，我的双手就累得快要断了。胸前的这份重量让我每走一级台阶就喘得更加急促。我紧紧抱住这具死气沉沉的身体，脑袋抵在她的头上，大口大口地喘着粗气。她那金色的头发被我吸进了嘴里，那是一种死人头发上才有的泥土的味道。这种死亡的泥土味道，这股压在心口的重量，就是那场伟大冒险留给我的全部，也是您，伊冯娜·德·加莱，被苦苦寻过、深深爱过的年轻姑娘，留给我的全部……

第十三章　每月作业本

　　在这座充满悲伤回忆的房子里，仆妇们每天摇着摇篮，安抚着那病恹恹的小人儿。年老的德·加莱先生很快就卧床不起。冬天第一波寒潮来的时候，他平静地离开了人世。正是因为他的宽厚仁慈，因为他陪着儿子一起异想天开，才有了我们后来的种种奇遇。想到这儿，我在这位慈祥的老人床头不禁潸然泪下。所幸，他至死也不知道周遭发生的所有事情，死时身边亦是安安静静。他很久以前就没了亲人，在法国这边也没什么朋友。所以，他在遗嘱中规定，在莫纳回来之前将所有财产交付于我，一旦莫纳回来，我应向他说明一切……自此，我就在萨波隆尼埃住了下来，只在上课时才去圣伯努瓦。通常，我一大早便会出发，中午拿出在庄园提前备好的午餐，放炉子上热一热吃了，待到傍晚一放学就打道回府。这样一来，我就可以把交由农场用人们照看的那个孩子留在自己身边。最重要的是，这样我就多了与奥古斯丁相遇的可能——若有一天他还回萨波隆尼埃的话。

同时，我还没有放弃希望，总想着，久而久之能从这房子的哪个柜子或者抽屉里头，找到片纸只字，找到蛛丝马迹，从而了解他是如何度过前面杳无音信的那些年，或许还能弄清楚他逃跑的原因，哪怕至少找到他的踪迹……我翻找了不知多少个壁橱和衣柜，始终一无所获。储物间里的那些大大小小的旧盒子里，有时里面塞着整整一摞德·加莱家族的旧信件和发黄的照片，有时塞满了一堆假花、羽毛，还有各种鸟类羽毛制成的老式配饰。这些盒子里散发出一股衰败的气味，那若有若无的香气总会一下子唤醒我心中的回忆与悔恨，让我一整天都沉浸其中，忘了自己的寻找……

终于，有天放假，我在阁楼上发现了一只旧行李箱。那箱子又长又矮，上面盖着的一张猪皮已经被虫蛀了一半。我一眼便认出这是奥古斯丁学生时代用过的行李箱。我暗骂自己为何没有从这里开始找起。箱子上的那把锁已然锈迹斑斑，三两下就被我打开了。箱子里塞得满满当当的，全是圣-阿加特的书本：算术、语文、习题本……我一本一本地翻看起来，心中满是好奇，但更多的是感动。我读着那些烂熟于心的听写，那是我们当初抄了一遍又一遍的听写！有卢梭的《引水渠》，有保罗-路易·库里埃的《卡拉布里亚的冒险》《乔治·桑写给儿子的信》……

　　这里面还有一本每月作业本，令我颇感意外，因为这些本子都放在学校，学生们从不往外带。这是个绿色的本子，边缘都已泛黄。封面上用漂亮的圆体字写着"学生姓名：奥古斯丁·莫纳"。我翻开本子。四月，一八九……从日期来看，莫纳是在离开圣-阿加特的前几天开始使用这个本子的，前几页的字迹极为工整——我们使用这种作文本时都是如此。不过，这本子只有前三页写了字，后面就是空白，想必莫纳是因为这个才把它带走了。

　　我跪在地上，一边想着这些习惯，想着我们年少时奉为圭臬的那些幼稚规矩，一边用拇指一页页拨弄着这没用完的本子。突然，我发现了其他页面上的字迹。四页空白之后，又有人开始书写。

　　还是莫纳的笔迹，却是匆匆写就，所有的字都歪歪扭扭，简直让人无法辨认。那些琐碎的段落长短不一，中间用了空行隔开。有些地方是一个没有写完的句子，有些则只有一个日期。刚看了第一行，我就认定，这里面可能有关于莫纳过去在巴黎生活的内容，有我要找的线索。于是，我下楼去了餐厅，打算借着天光仔细地浏览一下这古怪的本子。那是一个明亮的冬日，天气却有些捉摸不定。前一刻，耀眼的阳光还在白色窗帘上描画着窗格的十字，下一刻就突然起了风，朝着玻璃砸下冰冷的雨点。我就坐在那扇窗子前，守着炉火，读起那一行行文字来。读着读着，我明白了许多事情。现在我把这些文字原原本本抄录在此。

第十四章　秘密

我又一次去了她的窗前。窗玻璃上还积着厚厚一层灰，里面的双层帘子透着惨白。就算伊冯娜·德·加莱打开窗，我同她也已无话可说，她都已经嫁了人……现在怎么办呢？如何活下去啊？……

二月十三日，周六。

我在河畔堤岸上遇见了六月间给过我消息的那个女孩儿。她和我一样，也守在这所大门紧闭的房子前，我与她聊了聊。她走路的时候，我从一旁注意到她脸上的瑕疵：嘴角有一道细小的皱纹，两颊略微凹陷，鼻翼两侧粉扑得有点厚。我正瞧着，她猛地转过头，一张脸正对着我，或许是因为知道她自己正面看着比侧面漂亮许多吧。她声音急促地同我说道："见到您，我真开心。您让我想起了从前在布尔日追求过我的一个小伙子。

他还成了我的未婚夫……"

天色完全暗下来后，人行道上几乎没了人，地面的水渍映出煤气灯的幽光。她突然靠近我，要我今晚带着她和她姐姐去看戏。我头一次注意到，她身着孝服，戴了一顶太过老气的贵妇帽子，衬不上她青春的面庞。她手中拿着一柄细长的雨伞，宛如拄着一根拐杖。我和她离得很近，只要一抬手，指甲就能在她上衣的黑纱上划出一道。我不愿答应她的请求。她当即火了，抬腿就要走。这下子轮到我拉住她，求起她来。这时，一个工人打暗处经过，低声开起了玩笑："别去，小姑娘，他会弄疼你的！"

我们两个都愣住了。

剧院里。

那两个姑娘——我的朋友瓦伦蒂娜·布隆多和她姐姐——披着廉价的披肩前来。

瓦伦蒂娜坐在我前面。她每过一会儿就回过头来，脸上写满焦虑，仿佛是在琢磨我能图她什么。至于我，在她身旁，还算高兴，是以每次我都回之以微笑。

四周有些女人衣领开得特别低，我们就拿这个说笑。一开始，她的嘴角也挂着微笑，后来却说："我不能笑了。我自己也露得太多。"说着，她裹紧了自己的披肩。我这才看到，她那块绣着黑色花边的方形披肩下是件简单的高领衬衫，因为之前换衣时太过匆忙，衬衫的领子被翻到后面去了。

　　她的身上有一种说不清的可怜与幼稚，眼神里有一种吸引我的痛苦与危险。这世上也只有她能够把庄园那些人的消息告诉我了。和她在一起的时候，我总是不住地回想起自己从前那段奇遇。我想再问一问她关于大马路上那栋小楼的情况，谁知她有样学样，向我抛出一连串令人尴尬的问题，让我不知如何作答。我意识到，在这个话题上，我们两个今后会始终保持缄默。当然，我也知道，自己会再次见到她。可是见了又有什么用呢？为何还要再见？……难道说，现在只要谁身上残留着与我那失败的冒险有关的气息，不管那气息多么模糊不清、多么遥不可及，我都非得跟着这个人吗？……

　　午夜，孤身一人走在寂寥的街上，我问自己，应该如何面对这桩突然间冒出来的怪事？我沿着一排排房子走啊走。在这些像纸箱一样排列得整整齐齐的房子里，人们都已昏昏睡去。我突然想起自己上个月所做的决定：我要在凌晨一点夜深人静的时候去到那儿；我要绕到房子后面，打开花园的门，学小偷一样溜进去寻找线索；什么线索都好，只要能让我找到那失落的庄园，让我见她一眼，就一眼……我现在又累又饿，也是在看戏前火急火燎地换了身衣裳，没来得及吃晚饭……我心里躁动不安，在床沿坐了很久才躺下睡觉。一种隐隐的内疚感在折磨着我，这是为何？

　　我还注意到这一点：她们既不让我送她们回去，也不肯告诉我她们住在哪里。不过，我还是跟着她们，能跟多久便跟多久。我知道她们住在从圣母院附近拐进去的一条巷子里。可门牌号是多少？……我猜，她们是给人缝衣服的女工，也可能是缝制女帽。

　　瓦伦蒂娜瞒着她姐姐，约我周四下午四点钟在我们去过的那家剧院门口碰头。

　　"若我周四没去，"她说，"您就周五同一个时间再来，再不就周六，以此类推，每天这样就行。"

　　二月十八日，周四。

　　我去了，在大风里等她。雨都被风吹跑了，每个路过的人都在说，天还是要下雨的……

　　走在忽明忽暗的街上，我心头似有什么东西压着。天上掉下一滴雨点。我担心起来：若是下了大雨，她就不能来了。风又刮了起来，这一次，雨还是没有落下来。午后灰色的天空里，确切来说，是时而灰暗、时而明亮的天空里，定是有朵大大的云彩向风儿屈服了。而我还躲在这里卑微地等。

　　剧院门前。

　　一刻钟后，我确信她不会来了。远处的桥上，人们鱼贯而行。她来时大概也会从那里经过，我就在堤岸上牢牢盯着。每当有戴孝的年轻女孩儿过来，我就用目光陪着她们。当中若有人与她模样相似，我心中便会燃起希望来，看得更久一些，看到差点要说谢天谢地，直到走得近了……

　　等了一小时。

　　我已不耐烦。夜色笼罩之时，一名治安警察拖着一个流氓走进了附近的警察局。那流氓嘴里不停地低声骂骂咧咧，把他会的脏话全数用上了。警察气得脸色发白，一句话也不说，一进走廊就动了拳头。接着，他关上了身后的大门，放开手脚，狠狠揍起那个可怜虫来。我脑中倏地冒出一个可怕的念头：我舍弃了天堂，正在地狱门前徘徊。

　　我不愿再等，离开了这个地方。我一直走到塞纳河和圣母院之间那条狭窄、低矮的街道。我大致知道她们的房子在哪里，就一个人来来回回地转悠。不时有一两个人走进蒙蒙细雨中，趁着天还没有完全黑出门买点东西，不知是女佣还是主妇。这里没有我要见的人，便走了。伴着清亮的雨水，夜也来得迟了一些。我又走过我们相约的那个广场，人比刚才多了许多，黑压压一片……

　　猜测——失望——疲惫。我死抓着一个念头不放：明天。

明天，同样的时间，同样的地点，我还来等她。我已经迫不及
待地想要迎接明天。我意兴阑珊地想着，今晚，还有明早，都
将在百无聊赖中度过。不过，今天不是已经快要结束了吗？回
到家里，我坐在炉旁，听到有人在叫卖晚报。或许，在这城里
的某个地方，在圣母院附近，在那座我寻不到的房子里，她也
听到了这叫卖声。

她——我指的是瓦伦蒂娜。

这一夜非但没有如我所想那般一眨眼便过去，反倒让我觉
得格外压抑。时间一分一秒过去，这一天眼看快要结束。当我
盼着它快点结束的时候，有人却寄予了这一天全部的希望、全
部的爱情和最后的力气。对于垂死之人来说，对于等着最后期
限的人来说，他们希望，明天永远只是明天。对于另一些人来
说，明天会和一种叫作悔恨的东西一齐到来。对于累极了的人
来说，这一夜又远不够长，无法让他们得到足够的安歇。所以，
对于我这样浪费了一天的人来说，又有什么资格呼唤明天呢？

周五傍晚。

我想过要这样写："我没有再见到她。"如此一来，一切便
都结束了。

但当我下午四点钟赶到剧院的角落时，她已经在那里了。
她模样伶俐，不失庄重，一身黑衣，只是脸上的脂粉和脖子上

的轮状皱领让她看起来如同一个有罪的皮埃罗，透着黑暗而狡黠的气息。

她来是为了告诉我，她要马上离开我，再也不回来。

等到夜幕降临之时，我们两个却仍然在一起，紧挨着慢慢走在杜伊勒里公园①的砾石小路上。她向我讲述了她的故事，可她说得太过委婉，我听得也就懵懵懂懂。她用"我的恋人"来称呼那个她没有嫁成的未婚夫。我想，她是故意这么做，目的是为了让我反感，不再迷恋她。

尽管不情愿，我还是记下了她说的一些话：

"不要相信我，"她说，"我从来只做傻事。"

"我走南闯北，孤身一人。"

"我让我的未婚夫失望了。我抛弃了他，因为他太爱我。他只是凭着自己的想象来看我，完全不顾及我本来的面貌。可我浑身上下都是缺点，我们不会幸福。"

我发现，她说的每一句都是在把自己描绘成一个不堪的人，远非真实的她。我觉得，她是想向自己证明：她口中的过去那些蠢事，自己并没有做错；她现在没有什么可以遗憾，而当时也不配得到摆在眼前的幸福。

---

① 巴黎著名的公园，坐落于卢浮宫和协和广场之间。

又一次：

"我喜欢您的地方，"她盯着我看了很久，然后说道，"我喜欢您的地方，与我的回忆有关，我也不知这是何故。"

又一次：

"我还爱他，"她说，"比您想象的要深。"

下一秒，她又冷不防冒出一句伤心的话：“到底您想怎样？您也爱我吗？您也一样，要向我求婚吗？”

我一下子结巴起来。我现在不知道，自己当时答了什么。也许，我说了"是"。

此类日记到这里便中断了。后面开始是些书信草稿，字迹潦草，涂改的地方又多，很难看得明白。他们竟这么草率地订了婚！应莫纳的要求，那姑娘放弃了她的工作，他也开始忙着筹备婚礼。只不过，他会一而再，再而三地兴起继续寻找的欲望，总想要再次出发，去追寻他那失去的爱人。他大概消失了好几次。于是，在这些信中，他唯有狼狈不堪地为自己向瓦伦蒂娜辩解。

第十五章　　秘密（续）

接着，日记又继续了。

他记录了一些关于旅行的回忆。他二人一起去乡下小住了几日，具体是哪里我并不知晓。奇怪的是，从这个时候起，或许是出于一种隐秘的羞耻心，日记开始记得特别零碎，极不完整，字迹也尤为潦草。我只得自己复述一遍，还原出他这段时间的经历。

六月十四日。

大清早，他在旅馆房间里醒来的时候，太阳已经照出了黑色窗帘上的红色图案。几个农场工人在楼下大厅里一边喝着早餐的咖啡，一边大声地聊着天。他们聊起某个雇了他们的老板，说了些难听的话，发泄着不满，语气倒还平和。这些沉着冷静的声音，莫纳刚醒时完全没有注意到，不过他似乎已在睡梦中听了许久。被太阳映出一串串红点的窗帘，飘入楼上安静房间里的这些晨聊，所有这一切汇在一起，成了美好假期伊始在乡间醒来时的一种独特印象。

他起了床，轻轻叩了叩隔壁房门。见无人应声，他无声无息地把门推开了一条缝。他看到了瓦伦蒂娜，恍然明白，如此宁静的幸福源自何处。她还睡着，一动不动，一声不出，如只入睡的鸟儿。他久久地望着那张合上双眼的孩童般的脸。那张脸多么安静，任谁都希望，它永不会被唤醒，亦不会被打扰。

她睁开了双眼，看了看，没做其他动作。她以此表明，她醒了。

待这姑娘穿好衣裳，莫纳回到了她身旁。

"我们迟到了。"她说。

她一下子成了家中的主妇。

她将房间整理得井井有条，开始刷洗莫纳前一天穿的衣裳。轮到洗长裤时，她害起愁来——那裤腿角上沾了厚厚的泥巴。她犹豫了一下，拿出刀子，先是小心翼翼、仔仔细细地刮掉第一层泥，随后才用刷子刷。

莫纳说道："圣－阿加特的孩子们在泥浆里摔倒后也是这样洗裤子。"

"而我，是我母亲教我这样做。"瓦伦蒂娜说。

在经历神秘冒险之前，大个子莫纳还只是个猎人和农民，对那样的他来说，这便是他心目中伴侣的样子吧。

六月十五日。

朋友们向农场的人介绍的时候，把他俩说成了一对夫妻，于是这天，他们接到了晚餐的邀请。这使他们很是苦恼，而她更是像新嫁娘一样娇羞。

铺着白布的桌子上，两端烛台的蜡烛已经被人点燃，看上去颇似一场安静祥和的乡村婚礼。昏暗的光线下，每当他们俯下身子，脸庞就融入了暗影之中。

农场主的儿子帕特里斯的右手边依次坐着的是瓦伦蒂娜和莫纳。尽管总有人过来搭话，莫纳却自始至终都不怎么出声。为了免去流言蜚语，他已经想好，在这个偏僻的村庄里，干脆就把瓦伦蒂娜当成自己的妻子好了。可自从打定了这个主意，他心中又泛起了同之前一模一样的懊悔和内疚，令他难受不已。当帕特里斯拿出乡村绅士的派头主持晚餐时，莫纳心里想："今晚本该由我自己，在一间跟这里类似的低矮的大厅里，一间我所熟悉的、漂亮的大厅里，主持我的新婚宴。"

他身旁的瓦伦蒂娜羞涩地谢绝了人家送给她的礼物，俨然一副农家女孩儿的模样。每次又有人过来想要再试着送个礼物，她就看看她的朋友，似乎想躲进他的怀里去。帕特里斯一直坚持让她干杯，也没有得逞。直到莫纳向她靠过去，温柔地对她说："得喝啊，我的小瓦伦蒂娜。"

　　于是，她就乖乖喝了。帕特里斯笑着祝贺年轻人有如此听话的妻子。

　　瓦伦蒂娜和莫纳却都沉默着出了神。首先，这是因为他们累了。他们溜达时，双脚被泥浆浸透了，这会儿踩着地面的水洗砖，早已被冻得冷冰冰的。另外，年轻人有时还不得不这么说："我的妻子，瓦伦蒂娜，我的妻子……"

　　每一次，当他在这些陌生的农民面前，在这间黑暗的大厅里，用低沉的声音吐出那个词的时候，他总感觉自己在犯下一个错误。

　　六月十七日。

　　这是最后一天的下午，初时天色不好。

　　帕特里斯和他的妻子陪着他俩一同去散步。他们深一脚浅一脚地走在长满欧石楠的斜坡上，走着走着，两对人儿就走散了。莫纳和瓦伦蒂娜走进了一个小树林，在几棵刺柏中间坐了下来。

　　风中夹着雨滴，天空低沉，似有一种苦涩的味道，那是烦恼的味道，就连爱情也无法排解。

　　他们在那藏身之处待了很久。浓密的枝叶遮在他们头上，谁都不怎么说话。后来，天空放了晴，天气好了。他们也以为，从这时起，一切都将变好。

　　两人开始聊起爱情来，瓦伦蒂娜一直说啊说……

　　"瞧，"她说，"我的未婚夫像个孩子似的承诺了我什么：我们马上就会有一所房子，就是乡间那种僻静的茅屋。他说，那房子里一切都已收拾停当。婚礼当天傍晚，约莫就是现在这个时间，天快黑了，我们像是远游归来，回到那里。沿途和院子里，会有些不认识的孩子从他们藏身的树丛中跳出来欢迎我们，嘴里还会喊：'新娘万岁！'真是疯言疯语！对吧？"

　　莫纳听着听着，愣住了，心中开始不安。听着这些话，他仿佛听到了从前听过的一种声音在耳边回响。年轻姑娘在讲这个故事的时候，语气里也有一种淡淡的遗憾。

　　但她怕伤害到他，忙转身看他，眼中一片温柔。

　　"给您，"她说，"我把我全副身家都给您，这样东西对我来说比什么都宝贵。您烧了吧！"

　　她定定地瞧着他，眼中闪过一丝焦虑。她从口袋中掏出一小沓信，递给了他。那是她未婚夫的信。

　　啊！他一眼认出了那秀丽的笔迹。他怎么就没有早一点儿想到！那是波西米亚人弗朗兹的笔迹。在庄园卧室里留下的那张绝望的字条上，他曾见过这笔迹。

　　此时，他们走在了一条狭窄的小路上，五点钟的太阳斜斜地照着两旁的雏菊和干草。莫纳满心震惊，还没有意识到，这一切对他来说是何等糟糕。他读着信，因为这是她的吩咐。那一句句幼稚的、伤感的、动人的话语映入眼帘。最后一封信里有这么一句："啊！您弄丢了小心肝，不可饶恕的小瓦伦蒂娜！

我们会遭遇什么？总之，我不是迷信……"

莫纳读着读着，悔恨和愤怒令他几乎快要丧失理智。他紧绷着脸，脸上褪去全部血色，下眼皮不时抽搐。见他如此，瓦伦蒂娜顿时紧张起来，看了一眼他读到哪里，想知道是什么让他如此生气。

"小心肝是……"她飞快地解释道，"一件首饰。他给我的时候让我发誓要好好收藏一辈子。他的想法就是这么疯狂。"

她这话彻底把莫纳惹恼了。

"疯狂！"他一边说着，一边把那些信塞进自己的口袋，"为什么反复说这个？为什么从来不肯相信他？我认识他，他是这世上最出色的男孩儿！"

"您认识他，有过来往？"她激动不已，"您认识弗兰兹·德·加莱？"

"那是我最好的朋友，是与我一同冒险的兄弟。结果，我抢了他的未婚妻！"

"啊！"他愤愤不已，继续说道，"您给我们造成了多大的伤害！您啊，什么也不愿相信。您是祸根，是您毁了一切！一切！"

她想和他解释，想拉住他的手，但他一把推开了她。

"滚开，让我一个人待着。"

"那好吧，既然如此，"她脸上火辣辣的，磕磕巴巴，简直快要哭了，"那我走了。我会回布尔日，和我姐姐一起回家。

如果您不来找我，您知道的，对吗？您知道我父亲很穷，他不会收留我。那么，我会再去巴黎，会像从前那样在街头游荡。我定会变成一个失足少女，我已经没了工作……"

　　她走开了，去收拾她的包裹赶火车。莫纳甚至没有瞧她一眼，继续漫无目的地走着。

　　日记再一次中断了。

　　后面又是些信的草稿，都出自一个优柔寡断、失去理智的男人之手。回到安吉永堡后，莫纳给瓦伦蒂娜写了信。表面上来看，他是为了申明自己不再见她的决心，并告诉她确切的理由。可实际上，他或许仍希望，她能回信。在其中一封信中，他问出了慌乱之中一开始忽略掉的那个问题：她是否知道，他找了很久的那座庄园在哪里？在另一封信里，他恳求她与弗朗兹·德·加莱重修旧好，他会负责把弗朗兹找回来。我看过草稿的这些信件应该都没有寄出。或许，他寄过两三封，却从未收到过答复。那段时间里，他真的成了孤家寡人，内心经历了惨烈的斗争。终有一天能再见到伊冯娜·德·加莱的希望早已泯灭净尽。他大概感觉到了，自己那份宏大的决心在一点点动摇。从后面几页的内容来看——那是他最后几页日记，我估摸着，他是趁着假期刚刚开始，在某个晴朗的上午，租了一辆自行车，去布尔日参观了大教堂。

　　天一蒙蒙亮，他就出发了。他走的是一条笔直的公路，道路两边有成排的树木，景色宜人。一路上，他编造了无数借口，只想着，如何在不求和解的情况下，体面地出现在那个被他赶走的女孩儿面前。

　　我能够拼出的这最后四页讲述了莫纳此次出门的遭遇，还有那最后一个错误……

第十六章 秘密（完）

八月二十五日。

在布尔日的另一头，新建郊区的最边上，他找了很久，终于找到了瓦伦蒂娜·布隆多的家。门口有一个女人，似乎就在等着他。那是瓦伦蒂娜的母亲。她长着一张良善的家庭主妇的脸，略显呆板沉闷，脸上爬满了皱纹，但依旧美丽。她好奇地瞧着他走过来。当他问起"瓦伦蒂娜·布隆多是否住在这里"时，她和蔼地轻声向他解释，她们八月十五日就已返回巴黎。

"她们不让我说出她们去了哪里，"她又添了一句，"不过，要是写上她们的旧地址，或许会有人把信转交给她们。"

他推着自行车，沿着小花园往回走，心里想着："她走了……如我所愿。一切都结束了……是我把她逼成这样。她说过'我定会变成一个失足少女'。是我逼着她走到这一步！是我毁了弗朗兹的未婚妻!"

　　他像个疯子似的喃喃自语:"好极了! 好极了!"心里想的却是:"糟透了。"在那个女人看来,他还没走到栅栏门,就得双脚踉跄,跪倒在地。

　　他没想过要吃午饭,但走到一家咖啡馆时,他停了下来,给瓦伦蒂娜写了一封长长的信。他就想这样写着,吼着,心底那绝望的嘶吼令他窒息,他一心只想解脱。他在信中一遍遍重复:"您竟然! 您竟然! ……您竟然就这样甘心! 您竟然就这样堕落!"

　　他身旁有几个军官在喝酒,其中一个正大声地讲着一桩风流韵事,他零星听到了几句:"我告诉她……您应该很了解我……我每天晚上都和您丈夫玩一局!"其余几人大笑几声,扭头朝长凳后吐了几口痰。莫纳一下子蔫儿了,面如土色,用乞丐一般的眼神望向他们,脑海中不禁浮现出,这些人搂着瓦伦蒂娜坐到他们膝盖上的画面……

　　他一边骑着自行车在大教堂外围转悠,一边暗暗告诉自己:"总之,我是为了大教堂才来的。"他就这样转悠了很久。不管转到哪条街上,他都能看到,大教堂如同一个庞然大物,漠然地俯视着冷冷清清的广场。这里的街道既狭窄又肮脏,和村里教堂四周的小巷子没什么两样。走两步就能遇见一栋可疑的房

子，挂着一盏红灯笼 ① 的招牌。这个肮脏的、低俗的街区如古
人避难般隐在大教堂的飞扶壁 ② 之下。身处其间，莫纳感到，
自己的痛苦消失了。他心中升起一种庄稼人才有的恐惧，这城
中的教堂令他反感。在这座教堂里，各种恶行都被雕刻在暗处；
它建在腌臜之地，连最纯洁的爱情之殇也无法救治。

这时，两个女孩儿刚好路过。她们勾肩搭背，肆无忌惮
地将他上下打量了一番。兴许是出于厌恶，也可能是出于好玩，
又或者是为了报复，不惜毁了自己的爱情，莫纳骑上了自行车，
慢悠悠地跟在她俩身后。其中一个女孩儿戴了个假发髻，几根稀
疏的金发被拢在后头。这倒霉的姑娘约他六点钟在主教府公园见
面，那正是弗朗兹在信中与可怜的瓦伦蒂娜定下的约会地点。

他没有说不，因为他心里明白，到那时的自己早就离开这
座城市。而她却在家门口那条陡峭的街道上，从低矮的窗子里
向他打了许多模糊的手势，打了很久很久。

他急切地想要上路。

在离开之前，他抑制不住心底悲伤的欲望，想要最后去一
趟瓦伦蒂娜家门口。他瞪大了双眼，所见无不凄凉。这是郊区
尽头的一栋房子，狭窄的街道从此处开始就成了宽敞的马路。
对面是一片荒地，已经有了小广场的样子。窗边没有人，院子

---

① 这里的红灯笼是妓院的标志。
② 常见于大型哥特式教堂外侧。这种框架式的建筑结构部件主要用于抵住
中央拱券的侧推力，从外面看上去多似直冲云霄的直线条，故名"飞扶
壁"。

里也没有，哪儿哪儿都没有。只有一个涂脂抹粉的脏女孩儿拽着两个衣衫褴褛的小孩儿，打墙边经过。

瓦伦蒂娜就是在这里度过了她的童年时光，也是在这里开始用她那天真乖巧的目光注视这个世界。在这一扇扇窗子背后，她曾经缝缝补补，卖力干活儿。弗朗兹来过这条郊区的街道，看着她，冲她微笑。如今什么都没有了，没有了……惨淡的黄昏仍未逝去。莫纳唯一知道的是，这样一个下午，在某个偏僻的地方，瓦伦蒂娜只能凭借回忆凝望这个沉闷的广场，她永远也回不来了。

眼前还剩下漫长的回家之路，这或许是最后一种能助他消解痛苦的方式，也是最后一件能迫使他分神的事情。之后，他唯有整个儿地堕入那痛苦的深渊。

他走了。道路两旁的山谷里，一座座美丽的农家房舍，搭着绿色棚架的尖顶山墙从水边的树丛中露出头来。那边的草坪上，也许有年轻的女孩儿在认真谈论着爱情。她们在那里想象着灵魂，美好的灵魂……

但对于莫纳来说，此刻仅有一种爱情。这份不尽如人意的爱情，不久前还被他残忍践踏。所有女孩儿中本应得到他怜惜爱护的那一个，刚刚被他送上了堕落之路。

日记里的草草几行字迹还告诉我，他已经制订好计划，要在为时已晚之前，不惜一切代价找到瓦伦蒂娜。书页一角记下的日期令我明白，当初在安吉永堡，莫纳太太替他收拾行囊，就是为了这趟远行。然而，我的到来打乱了一切。八月末那个晴朗的早晨，在那间废弃的镇政府的屋子里，莫纳写下了他的回忆与计划。就在那时，我推门而入，带去了那个重磅消息，殊不知，那时的他已经放弃了等待。他被从前的冒险缚住了手脚，什么都不敢做，什么也不敢认。自责、悔恨、痛苦接踵而至，有时会偃旗息鼓，有时又卷土重来。直到婚礼那天，波西米亚人在冷杉林中的叫声戏剧性地使他想起了年少时许下的第一个誓言。

　　还是在这个本子上，他又匆匆写了几笔。那是在伊冯娜·德·加莱成为他妻子的第二天，在离开她之前的那个黎明。他的离去得到了她的首肯，这一别却是永远。

　　"我走了。我必须找到两个波西米亚人的踪迹。他们昨天来了冷杉林，又骑了车子往东走了。只有把结为夫妇的弗朗兹和瓦伦蒂娜带回来，并把他们安顿在'弗朗兹之家'，我才会回到伊冯娜身边。

　　"这本手稿初时记录了我的秘密日记，如今已成了我的忏悔录。若我不回来，就让它归于我的朋友弗朗索瓦·索雷尔所有。"

　　他大概是在仓促之中将这本子塞到其他本子下面，锁上了从前学生时代的小箱子，随后便消失了。

尾声

时光飞逝。我失去了再见好友的希望。在农村小学的日子从早到晚的枯燥乏味，空无一人的房子里则是日复一日的凄凉伤悲。弗朗兹没有在我定下的那天按时赴约，我的姨婆穆瓦奈尔也早已不知瓦伦蒂娜住在何处。

很快，被救活的小女孩儿就成了萨波隆尼埃唯一的欢乐。九月末，她身上已经能看出长成小姑娘后结实、漂亮的模样。她快满一周岁了，常常抓着椅背的栏挡，一个人推着椅子学走路，一点儿也不担心会不会摔着。每每她惹出好大一阵动静，这失去主人的宅子就会被唤醒，发出久久的、低沉的回响。我把她抱在怀里时，她从来不让我亲她。她总是扭来扭去，用张开的小手把我的脸推开，咯咯地笑着。她有的是野蛮的法子，却并不讨人厌。她似乎是要用全部的快乐，用孩子式的蛮力，把从她出生起便笼罩在这座房子上空的阴霾统统赶走。有时，我会想："她身上虽说有这股野性，多少都还算是我的孩子。"可是老天爷又一次有了别的安排。

那是九月末一个星期天的上午，我起了个大早，照看小女孩儿的农妇都还没有起床。我约了圣伯努瓦的两个人还有亚思曼·德卢什去谢尔河钓鱼。附近的村民经常叫上我一起去偷渔：拿着鱼竿钓鱼，或是夜里悄悄把渔网撒下去。整个夏天，一到假日，我们就拂晓出发，到中午才回来。村里那些人就靠着这个维持生计。对我来说，这是我唯一的消遣，唯有这样的冒险才能让我回想起过去那鲁莽的青春。最终，我喜欢上了这样的出游，喜欢守在河边或是池塘的芦苇丛中静静钓鱼。

因此，这天早晨，我五点半就到了屋前的小棚子里。这棚子背靠的那堵墙隔开了萨波隆尼埃的英式花园和农场的菜圃。上周四，我把一团鱼线胡乱扔在了这里，这会儿正忙着整理。

天还没有大亮，只有天边的晨曦昭示着九月的云淡风轻。我理着鱼线，棚子里尚有一半沉浸在黑暗之中。

我正安静地忙着手上的活儿，忽听闻，栅栏门开了，脚步声在石子地上响起。"哦！哦！"我心道，"这些人来得比我预料的要早啊。我还没准备好呢！"

然而，来人我却并不认识。我只能辨认出这大个子留着胡子，一身猎户打扮，也许是来偷猎的。大伙儿都知道，到了约定的时间，我会在哪里；这人却没有过来找我，反倒直奔入户大门而去。

"很好！"我想，"这一定是他们的朋友。他们事先没告诉我就邀请了他，还把他派来当探子！"

他轻轻拨动门闩，好在我出来时已经把它闩上了。他又去厨房门口试了试。然后，他犹豫了片刻，扭脸转向我这边，太阳似有似无的亮光映出了他的满脸愁容。直到这时，我才认出了大个子莫纳。

我在原地愣了好一会儿，既害怕又绝望。他的回归一下子重新唤醒了我所有的痛苦。他消失在房子后头，转了一圈，又回来了，一脸的迟疑。

于是，我朝他走去。我一言不发，抱住他呜呜地哭着。他旋即明白过来。"啊！"他声音急促，"她死了，对吗？"

他呆立在那里，什么也听不见，怎么也动不了，样子可怕极了。我拉起他的胳膊，慢慢把他领进屋里。此时，天已经亮了。我直接带他上了楼，去往死者的房间，只盼着最艰难的一段早点过去。他一进门就双膝跪在床前，脑袋埋进臂弯，很久很久。

他终于站起来时，双眼迷茫，双腿发颤，仿佛不知身在何处。我继续牵着他，推开与这间房相连的房门，走进小女孩儿的房间。乳母还在楼下忙活，小家伙已经醒了过来，还自己坐进了摇篮里。我们刚好看到她的脑袋转过来，露出惊讶的神色。

"这是你女儿。"我说。

他吓了一跳，盯着我。

下一秒，他就一把将她抱进怀里。一开始，他只顾着哭，都没有好好看一看她。后来，为了收起这满满的柔情和决堤的泪水，他紧紧搂住坐在自己右臂弯里的女儿，扭过低垂的脑袋，跟我说："另外那两人，我把他们带回来了……你可以去他们家里看看。"

天亮后，我去了"弗朗兹之家"。一路上，我一边浮想联翩，一边喜不自胜。伊冯娜·德·加莱初领我去时，那里还荒无人烟，这会儿我竟老远就看到一个穿褶皱领衣裳的主妇。她正在屋子门口打扫，好几个盛装打扮去做弥撒的小牛倌见了，纷纷向她投去既好奇又兴奋的目光……

与此同时，小姑娘因被抱得那么紧，已经开始有些不耐烦了。莫纳为了遮住眼泪，把头别到了一边——他不看她时，方才能忍住不哭，她就用小手在他那胡子拉碴且湿漉漉的嘴巴上给了小小的一巴掌。

这一次，父亲把女儿举得高高的，伸直手臂，把她抛向空中再接住。这回，她终于满意了，鼓起掌来……

我稍稍退后几步，好把他俩看得更真切些。我有些许失望，却又不由得惊叹。原来，这小女孩儿一直在默默等待可以陪伴她的那个人，而她终于等到了。我可以明显感觉到，大个子莫纳回来把他留给我的唯一一份快乐收回了。我已经开始想象，夜深了，他把女儿裹进一件大衣里，带着她一起踏上新的冒险之路。